キミを自転車の後ろに乗せて。
べあ姫
Bear Hime

あの別れが
私の心の時計を止めてから
世界は“色”を失ったの。

君の自転車の後ろで見た
幸せの景色が、幸せの境目が、
目覚めるたびに遠くなり、
今日も君のいない夜が明けていく。

それでも私は
今日も君の夢を見るのです。

もう会えない人に
今でもあの頃のまま
恋しているのです。

Contents

Design : Kazumi Wakai

第1章

過去からのメール

phrase 1

この坂をもう上る事はないのだろう。
そう思うと、私は無意識のうちに自転車のブレーキを握っていた。
蒼蒼《そうそう》とした木々の間の道を、5月の柔らかな風をうけて下っている。
この長い長い坂を私は何回上ったり、下ったりしただろう。
ブレーキを握って速度を落としながら、思い出を振り返るように私は首を後ろにひねって少しずつ遠くなる坂の頂上を見つめていた。

どこから話すべきなのだろうか。
あの坂の上に住んでいた“彼”と初めて出会ったのは高校1年の春だった。
そして付き合い始めたのがその年の夏だった。
私にとって初恋でもあったこの恋を、私は生涯貫き通すだけの覚悟を持っていた。
もしかしたら初恋というものは、誰にとってもそういうものなのかもしれないけれど。

そして高校3年になった今、私は永遠に彼を失う事になった。
あの坂の上をいくら探してみても、彼に逢う事はもう二度とできない。

先月、佐久間弘人《さくまひろと》が死んだ。
それが彼の名前であり、私が世界で一番愛した人の名前だ。
亡くなるたった4ヶ月前に見つかった急性リンパ性白血病による病死だった。
彼も、彼の家族も、それから私も、できる事は全てやり尽くした。
唯一の救いは彼が大好きだった桜の花だ。4月頭までなんとか持ちこたえた彼が最後の最後に病室の窓から、咲き始めの桜を僅かではあったけれど見られた事。
心残りだったのは、彼がまだ元気だった頃何度となく彼の自転車の後ろに乗って下ったこの坂を一面に埋め尽くすほど満開になる桜を、今年は一緒に見られなかった事だ。

この坂を下りきり、ひたすら真っすぐに進むと、キラキラと夕焼けのオレンジに染まった川にさしかかる。
その川沿いを左に曲がってしばらく走ると、“パティスリー・カノン”と書かれたクリーム色の看板が見えてくる。

隣近所に比べて一つだけ浮いた、まるで童話に出てきそうな可愛《かわい》らしいレンガ造りの家が、私の自宅だ。
杉浦花音《すぎうらかのん》。
それが私の名前だ。
私が生まれたのとちょうど同じ17年前、両親はここで小さなケーキ屋を始めた。
12年前父が病に倒れ帰らぬ人となり、母が１人で切り盛りするようになった今でも、ひいきにしてくれる街の常連客によって、何とか存続している。
一階が店と調理場で、二階が私たちの居住スペースだ。
家の玄関は店の入り口と一緒になっているため、一度店の中に入り、突っ切って二階に上がらなくてはならなかった。
自転車を駐車スペースの脇に停めて、アンティーク調の重い木の扉を開けると、カランコロンと扉の向こうに仕掛けられた鐘が鳴る。
これは父の“オカエリ”だから、ちゃんと返事をしなさい、というのが母の教えだ。

「ただいま」
中に入ると、近所に住む常連客の真澄《ますみ》さんが、ちょうど会計を済ませて母と立ち話をしているところだった。
彼女は五十代くらいのごくごく普通のオバサンで、強いて特徴をあげるなら、ここのケーキを食べすぎて少しぽっちゃりしている。

「あら、花音ちゃん。おかえりなさい」
彼女は私に気付くと、目の際に数本のしわを寄せて、ニッコリと微笑《ほほえ》んだ。
「こんにちは」
私は持っていたバッグを両手に抱えこんで、ぺこりと頭を下げた。
「あら、おかえり。早かったわね」
そう言ったのは、ショーケース越しにそれを見ていた母、千代子《ちよこ》である。
「うん、あんまり長くいたくなかったから」
「…そう。佐久間さんは？　少しは元気そうだった？」
「……どうかな、わからない」
私は俯《うつむ》きそれだけ呟《つぶや》くと、母の視線を交わすようにそそくさと店の奥に入っていき、階段を駆け上った。

自分の部屋のドアをピシャリと閉め切って、私はバッグを抱えたままベッドに倒れ込んだ。
淡いグリーンのカーテンの隙間から、西日が部屋を赤く染めている。
向かいの壁に飾られたコルクボートに貼り付けている写真達が眩《まぶ》しそうに照らされていた。
写真の中で微笑むのは元気だった頃の彼と私だ。
文化祭や体育祭、下校途中の彼の後ろ姿、マフラーで半分顔を隠しケータイをいじる彼の横顔、ピンぼけしたキス写真、……それからベッドの上でピースする坊主頭の彼の姿。
彼は最後まで病気は完治すると信じていた。
もちろん、彼の家族も、私だってそう思っていた。
彼が入院していた約４ヶ月、私はほとんど毎日病院に通っていた。
雨の日も風の日も、雪の日だって欠かさず彼の元を訪れた。
私が風邪を引いてしまった時だけ、１週間行けなかった事があったが、それ以外は欠かさなかった。
風邪を引いていたって行けないわけではなかったけれど、免疫力が極度に低下している彼に万が一移ってしまっては命取りになってしまう恐れがあったため、治るまでは一切彼に近づかなかった。

彼が亡くなって今日で四十九日だった。
彼の自宅で行われた四十九日法要の後、彼の母が私を彼の部屋へと通してくれた。
「何かほしいものがあったら持っていってちょうだい。きっと弘人もそうしてほしいと思っているはずだから」
彼の母は、彼が入院していた頃に比べると少しだけ顔色もよく元気そうに見えた。
元気そうに、というと少し誤解を招いてしまうかもしれないが、彼が入院していた頃の彼女は今にも倒れてしまいそうなほどやつれきっていたのだ。

彼の病室に入る前にはいつも一度立ち止まり、ハンカチで涙を拭うと、彼女は目一杯の笑顔を浮かべ、彼の前ではいつでも明るく振る舞っていた。
とても痛々しくて、それを見るといつも胸が詰まる思いだった。
だからその頃に比べるといくらかましになった、と言った方が合っているのかもしれない。

好きなものを持っていって、と言われて1人彼の部屋に取り残された私は、しばらく呆然《ぼうぜん》と立ち尽くした後、一度ぐるりと部屋を見回した。
彼が使っていたアランドロンの香水のにおいがする。
しばらく嗅いでいなかったけれど、すぐに彼のにおいだとわかる。
においと記憶はいつも一緒に蘇《よみがえ》ってくるから不思議だ。
とても爽やかで、それでいてかすかに甘い香り。
ここにはもちろん初めて来たわけではない。
付き合っている時に何度もここに来ていたし、彼の母は知らないはずだが、私が初体験をしたのもここだった。
子供っぽいブルーカバーの敷かれたベッドに、ストライプ柄のカーテン、洋服棚の上には彼が好きだった野球選手のサインボールが大事そうにケースに入れられて飾られている。
中学校、もしくは小学校の時から使われていそうな年季の入った勉強机には、数冊の教科書と、写真立て、それからノートパソコンが一台置かれている。
このノートパソコンは彼が病院で使っていたものだ。

机に近づいてみると、写真立てには去年あの坂の桜が満開になった時、２人で撮った写真が飾られていた。
私はそれを手に取り、もう何年も昔の事のように感じながらしばらく眺めていた。
それを元に戻してから、私は彼が最後まで使っていたパソコンに目を留めた。
彼が入院している間このパソコンを使って、私たちは逢えない時間メールのやり取りをしていたのだ。
少し躊躇《ちゅうちょ》したが、私は思い切ってパソコンの電源を入れてみた。
最新型のこのパソコンは、うちで使っているものよりもずっと速く立ち上がった。
デスクトップ画面は、あのサインボールの選手のピッチングフォームの画像だ。
彼は小学校から高校までずっと野球少年だった。
それも将来をかなり期待されていたピッチャーで、強豪であるうちの野球部では１年生ながらメインメンバーとして活躍し、去年は惜しくも甲子園出場とはならなかったものの、今年こそは！と気合いを入れ直していた矢先の白血病の発覚だった。

だからこそ、彼は1日も早く完治するために苦しい闘病生活にも耐え、いつだって未来への希望を失わなかった。

メールソフトを開いて、彼が使っていたメール画面を開いてみる。
私からのメールは“花音”とフォルダ分けしてあった。
他にフォルダ分けされてる人は誰もおらず、私は少し心が温かくなるのを感じた。
私のフォルダを開き、一番上のメールを開いてみる。

件名：RE 明日もくる？
もちろん行くに決まってるじゃん！
弘人が入院している間は、もう二度と風邪は引かないって決めてるし、毎日イソジンでうがいしてるもん！
まだ坂の桜は三分咲きってところかな？
満開になったら写真見せるよ！
でも本当は一緒に見に来れるといいなぁ。

突然心臓がドッドッドッと激しく波打ち始め、私は思わず服の上から胸の辺りをぎゅっと掴んだ。
この日病院から家に戻り、晩ご飯を済ませた後、このメールを送った直後に彼が急変したという連絡が彼の母から入り、私は慌てて病院へ引き返したのだ。
そしてその翌日の未明、彼は静かに息を引き取った。

まるで眠るように、入院してから一番幸せそうな顔をして
彼は１人旅立っていった。
まだ17歳の春だった。

私にとって世界で一番愛する人が死んだというのに、私は
未《いま》だに泣く事すらできずにいる。
彼のお葬式の時、彼の親戚や地元の友達や、高校のクラスメイトが集まっている中に、なぜ“喪服姿の彼”だけがいないのか、と違和感を覚えた。
彼の遺体が燃やされ、煙となって空を登っていく時も、私にはそれがただの煙にしか見えず、彼の灰もただの砂にしか見えず、お葬式の後も、いつか彼が帰ってくると思えてならなかった。

私はこれ以上見返しては自分がどうにかなってしまうような気がして、自分のフォルダからメイン画面に戻った。
すると受信ボックスに１件の未読メールがある事に気がついた。
見てはいけないと思ったが、やはり気になって今度は受信ボックスを開けてみる。
“from　島岡唯《しまおかゆい》”

「島岡唯……？」
聞き覚えのない名前だった。

彼と付き合っていた約2年の間、私は彼の友達とも何度も会っていたし、彼の友達で知らない人はいないと思っていた。
そのメールの他にも、その送り主からのメールは何十件もあり、途端に胸がざわつき始めた。
……もしかして女？
まさか彼に限って…と信じたい一方、彼も男なのだという事実にパソコンを触る手が硬直していた。
今さら何かあったとしてももう彼を責める事はできないし、このやり場のない感情を何にぶつければいいのかわからない。
未読メールの日付は、彼が死んだ翌日だった。
送り主は彼が死んだ事を知っているのだろうか？
私はいよいよ覚悟を決めて、そのメールを開いた。

件名：無題
おう、わかった。任せろって。
でも俺も諦めたわけじゃないんだよ。
あいつがまた俺の事求めてくるまで待とうって決めたんだ。
一度は受け入れてくれたわけだし、脈がないわけではないと思うんだ。
でも俺はあいつの足かせにはなりたくねぇ。　　唯

メールの内容はさっぱり何の事だかわからないが、“俺”

と名乗っているという事は、どうやら送り主の島岡唯という人は男性のようだ。
一瞬でも彼を疑ってしまった事に反省しつつも、内心ホッとしていた。
やっぱり彼は私の知っている彼のままだったからだ。
しかし島岡唯とは一体どこの誰なのだろう。
少なくとも彼の地元の友達にも、高校にも、島岡唯という人はいないはずだった。
彼からもそんな名前を聞いた事はないし、考えても、考えても思い当たる人物は出てこなかった。

突然コンコンとドアをノックされ、私は慌ててパソコン画面を閉じた。
「なにかあったかしら？」と、彼の母がドアから顔を覗《のぞ》かせた。
私はとりあえず机の上に置いてあった写真立てを手に取って、「これ、貰《もら》ってもいいですか？」と尋ねた。
「もちろん構わないわ。あ、そうだ。あれも渡そうと思ってたの。ちょっと待っててね」
再び彼の母が部屋を離れると、私はもう一度パソコンを開き、机に置いてあったペンとノートの切れ端を使って、島岡唯という人物のメールアドレスを書き写した紙をポケットにしまった。
戻ってきた彼の母は手ぶらのままだった。

「ごめんなさいね、渡したいものがあったんだけど見つからなくて。今度見つかったら渡すから」
「わかりました。じゃあ私はそろそろ帰りますね」
思い出のたくさん詰まったこの部屋にいるのは今の私にとってまだあまりにも過酷すぎた。
思い出そうとしなくなったって、気づけばいつでも彼の事を思っているし、朝起きると今でも病院に行かなくては、と用意を始めそうになる事もある。
まだ私の中では、これが夢なのか現実なのか混沌《こんとん》としたままなのだ。
けれどそれが今の私を支えてくれているのかもしれなかった。
だからこそ、彼のいないこの部屋にくると現実が襲ってくるような気がして早くここから抜け出したいと思ってしまうのだ。

私は抱えていたバッグの中から、彼の家で貰ってきた写真立てを取り出して寝転んだままそれを眺めた。
この写真を撮った頃はまさかこの1年後に彼が死んでしまうなんて思いもしなかった。
いつも前向きで、自分の夢や、やりたい事をしっかり把握していた彼を尊敬していた。
そんな彼を支える事が、いつからか私の夢になっていた。
彼を失った時、私は同時に未来も、夢も失ってしまったのだった。
それから私は高校にも行かなくなった。
気を紛らわすため、黙々と家のケーキ屋の仕事を手伝うようになった私に、母は何も言わないでいてくれる。
本当は言いたい事もあるだろうし、高校にちゃんと通ってほしいと考えていると思うが、黙って仕事を任せてくれる母に私は感謝していた。
写真立てをヘッドボードの棚に飾ってから、次に私はポケットからあの紙を取り出した。
思わずアドレスを控えてきたものの、一体どうしようというのだろう。
突然弘人の彼女から連絡がきても驚かすだけだろう。
それに、もしかしたら彼は弘人が死んだ事をまだ知らないかもしれない。
私はハッと思い立って、自分の部屋に置いてあるパソコンの電源を入れた。
なかなか立ち上がらないパソコンにイライラと爪を噛《か》みながら待ち、ようやくメールの画面を開いた。
私はあのアドレスを入力し、メールを打ち始めた。

件名：アドレス変えました。
佐久間弘人です、迷惑メールが多くなったのでアドレス変更しました。
メールずっと返せなくてごめん。

それから話変わるけど、俺たちの出会いってどんなだったっけ？　最近物忘れが激しくてさ。
メール待ってる。　　弘人

こんな事をして、弘人は怒るだろうか。
そう頭を過《よぎ》ったものの、私はついに送信ボタンを押していた。
島岡唯からの返信は思っていたよりも早く、私のパソコンに届いた。

件名：心配してた。
メール来てよかったよ。
もしかして万が一の事があったのかってさ……、ごめん。
別に弘人が死ぬとか思ってねーよ？
俺の知り合いにも白血病になったやつ２人くらいいるけど、２人とも完治して今じゃピンピンしてるしさ！
それより迷惑メールって……。
お前変なサイトばっか見てたんだろ？笑
まあ俺も人の事言えねえけどさ！
俺との出会いを忘れるなんて薄情なやつだな！
それとも俺を試してるのか？　あ、そうなんだろ？
あんなロマンチックな出会いを忘れるわけねえもんな！
唯

彼はどうやら弘人が白血病である事は知っているようだった。
けれどやはり、弘人が亡くなった事はまだ彼の耳には届いていなかった。
私は夢中で返信を打った。

件名：まあそんなところ。
べつに変なサイトなんか見てねえよ。
もったいぶらずに教えてくれよ。　　弘人

件名：RE まあそんなところ。
しょうがねえな。
俺たちが出会ったのは総合内科の待ち合い室だったろ？
お前は何かの検査してて、俺はちょうどあいつの付き添いで来てたんだよな。
そんでたまたま点《つ》いてたテレビで巨人中日戦の試合の再放送かなんかやっててさ、俺たち再放送にもかかわらず思わず声出して応援してたら、看護師さんに怒られて……、それから話してみたら、お互い巨人の熱狂的ファンだってなって、話が盛り上がって、そこから今に至るっていうか、なんつーか。
そう考えると俺たちその時1回しか会ってねえのに、メールだけでよくここまで続いてるよな。
やっぱ運命かも。

あ、ここ笑うところな。　唯

私はなぜ、私が彼の存在を今まで知らなかったのか、やっと理解できた。
弘人が彼と出会ったのは、まだ弘人が白血病だとわかる前。
白血病の予兆であったリンパ節の腫れと、関節痛を訴えて内科を受診した時にたまたま出会った人だったのだ。
ようやく胸のつかえがとれ、私はすっきりとした気持ちになった。
だからここでメールをやめてしまってもよかったのかもしれない。
やはり弘人に対しても、このメール相手の彼に対しても罪悪感はあったから。
けれども同時に私は、それでもこのままメールを続けてみたいという好奇心をぬぐい去る事ができなかった。

件名：ありがとう。
答えてくれてありがとう。
その通りだよ、やっぱり俺たちの出会いは運命かもな。笑
そういえばこの前のメール、
足かせにはなりたくないって、どういう事？　弘人

phrase 2

パティスリー・カノンの営業時間は朝10時から夜７時まで。
定休日は水曜日。それ以外はほとんどオープンしている。
たまに母の都合や体調により休む事はあるが、そこは地元密着型なだけあってご愛嬌《あいきょう》で通っている。
昼間のお客さんに関して言えば、ケーキはもとより、うちの母とおしゃべりをしに来ていると言っても過言ではなかった。
ケーキ屋よりスナックでも始めれば？と言ってみたら、頭を叩《たた》かれたけれど、本心でうちの母にはそういった才能があると思う。
高校に行かなくなり、この店に立つようになってから１ヶ月ほど経《た》ったが、混み合う時間や、お客さんの流れについても少しずつ把握してきた。
オープンの10時になると、本日のおすすめケーキをイラスト付きで紹介したブラックボードの看板を店先に出し、ショーケースにケーキを並べ、外の掃き掃除をする。
母は裏の厨房《ちゅうぼう》でケーキや、日持ちする焼き菓子を作ったり、原料やフルーツの仕入れのための電話などをしていた。
する事が終わると、レジの後ろでひたすらお客さんが来るのを待った。

売り上げのためもあるが、できるだけ忙しくしている方が嬉《うれ》しかった。
お客さんがいない間、する事がないとふいに弘人の事を考えてしまうからだ。
今日は日曜日だから、少しは忙しいだろう。
私はこの店が好きだった。
そして、この街が大好きだった。
家の前に流れる川も、そこから見える遠くの山や、街の景色も。
都会とは言えないが、忙《せわ》しなく生き急いでいるような都会より、のんびりと時間の過ぎるこの場所で、できる事ならずっと暮らしていたいと思っている。
その時、カランコロンと鐘が鳴った。

「いらっしゃいませ〜」
私が条件反射のようにそう言って扉の方を向いてみると、そこには二十代後半くらいの１人の女性が立っていた。
肌が透き通るように白く、淡いピンク色のスカートスーツを着ている。
この店に訪れる客のほとんどは常連だったが、私がその女性を店で見たのは今日が初めてだった。
落ち着いた雰囲気ながらも端麗な顔つきの美人で、なぜか一度見たら忘れられないような個性的な面持ちだった。
彼女はケーキを選ぶため少し腰を屈《かが》めると、腰まで伸びた綺麗《きれい》な黒髪が一束落ちてきたのを片方の耳にひっかけ、その時、左手の薬指にはまったシルバーの指輪がキラリと光るのが見えた。
ショーケースを一通り眺めた後、彼女はふっと顔を上げ、私と目が合うと、「あら、今日の看板娘は随分お若いのね」と言った。
すると、それに気がついた母がパタパタとレジに出てきて、
「あらあら、こんにちは。気づかなくてごめんなさいね！」
「いえいえ、この間はどうも」
と、2人はにこやかにあいさつを交わしている。
どうやら、この女性がここに来るのは初めてではないらしい。
そんな2人のやり取りにきょとんとしていた私の方を見て、「お嬢さんですか？」と彼女は母に訊《き》いた。
「そうなのよ。最近よく手伝ってもらってるの。ほら花音、ちゃんとあいさつしなさい」
母に急《せ》き立てられて、私は「こんにちは」と小さく頭を下げた。
「カノンってお店の名前、お嬢さんのお名前だったのね。こんにちは、宮崎真理子《みやざきまりこ》です。最近、といっても3ヶ月ほどになるけど、こっちに越してきたのよ」
彼女も同じように頭を下げて微笑すると、少し開いた口元に八重歯が覗いていた。
「ほら、この先にカフェがあるでしょう。そこに異動して

きた新しい店長さんなんですって」
家の前の川沿いをさらに奥の方に進んでいくと、外壁にツタの絡みついたモダンな雰囲気のカフェがある。
これまた小さな店だが、近くに何店舗か出店していて、つい最近までは、確か三十代くらいの男性が１人働いていたはずだった。
「こないだまで働いていた方がね、独立して都内にカフェを開くことになったのよ。それで代わりに私がこっちに来ることになったの」
若いのにすごいわよねぇ、と母が言うと、恐縮するように彼女は首を横に振った。
「今まで勤めていた別の店舗はここほど小さくなかったから、何人かバイトなんかもいたんですけど…、ほら、こっちにある店って小さいでしょう？　だから全部１人でやらなくちゃいけなくてすごく不安なんです」
「こないだまでは、どこで勤めてらっしゃったの？」
「それが永山《ながやま》なんですよ。遠くはないんですけど、どうせ２人ともこの街で仕事するなら越してこようってことになって」
永山といえば、弘人が入院していた病院のある場所だった。
「あら、結婚してらっしゃったのね？」
母は彼女の左手薬指にはまった指輪をちらりと見た。
「あ、いえまだ婚約なんです…、彼の方は教師ですけど…。ほら、この近くの桜西《さくらにし》高校ってあるでしょう？　そこに勤めているんです」
それを聞いた母は徐《おもむ》ろに私の肩を叩き、
「あら、それ花音の学校じゃない？　宮崎《みやざき》先生っている？」
と興奮気味に訊いてきた。
「え、本当？」
彼女は目をまん丸くして私を見つめた。
「あ、でも彼は澤本《さわもと》っていうんです」
澤本先生といえば、科学の先生が１人いた。
わりとハンサムで、女子生徒からの人気も上々。
しかし静かで、どことなく冷たい雰囲気が私には苦手だった。
「…ちょっとクールな感じの人ですよね？」
「…やだ、花音ちゃん大人っぽいから、私てっきり大学生だと思って…。クールというか、あんまりしゃべらない人なのよ。…でも悪い人じゃないのよ、悪い人じゃないの…」
すると彼女は婚約指輪を右手でさりげなく隠すようにして、それは何か動揺している風にも見えた。
「…あ、いけない。今日は用事があってあまり長く話していられないのよ。お母様にも言ったけど、花音ちゃんもよかったらカフェに遊びに来てね！」
彼女はそう言って母におススメされたグレープフルーツのタルトを二つ買って、店を出て行った。
確かにこの店で彼女を見たのは初めてだったけれど、私は以前どこかで彼女を見た事があるような気がした。
それがどこだったのか思い出せなかったが、多分この街のどこかですれ違った事があるのだろう。

昼休憩になると、私は部屋に戻ってパソコンでメールをチェックした。
１件のメールが届いている。

件名：無題
俺を試すなんて年下のくせに生意気だな。
俺は今年で二十歳《はたち》になるんだぜ？
弘人は17歳だろ？　先輩は敬うもんだぞ！
とはいえ、お前を年下だなんて思った事ねえよ。
俺が成長してないだけかな？笑
だから足かせっつうのは、マリコに対してって事だよ。
あいつもあいつなりに考えてると思うからさ。
まあでも俺の方が幸せにしてやれる自信があるから身を引けないんだよ。
ただそれがマリコにとって助け舟じゃなく、足かせになってたら嫌だなって話。　　唯

思わず、朝店にやってきた真理子《まりこ》さんの顔を思い浮かべた。
もちろん同一人物なわけがないのだけれど、同じ日にマリコという名前を二度も耳にするなんて珍しい偶然もあるも

のだな、と思ってみる。
それに彼が年上だった事も初耳だ。
二十歳という事は彼は大学生なのだろうか？

件名：RE 無題
マリコって人の事好きなんだな。
なんでマリコは唯と付き合わないんだ？
そんなに自分を思ってくれてる人がいて嬉しいだろうに。
何か問題でもあるのか？　　弘人

メールを打ってから少しウトウトしていたので、ベッドに横になった。
ほんの30分眠ったらまた店に戻るつもりだったのだが、気づいた時はすでに夕方４時を過ぎていた。
「花音！　ちょっと手伝って！」
下から母の叫ぶ声で目を覚ましたのだ。
私が慌てて階段を駆け下り店に出ると、小さな店に10人ほどのお客さんが犇《ひし》めいていた。
慌ただしく注文を伺い、レジをうち、商品を箱に詰める。
その間も私は、今さっきまで見ていた夢の事を思い返していた。

いつも決まって同じ夢を見た。
弘人が死んでから、毎日のように彼は私の夢の中に現れるのだった。
夢の中の彼は決まって野球部のユニフォームを着ていて、まだ元気だった、それも出会った頃の少し若い彼だった。
普通野球部といえば坊主が基本なのだが、なぜか彼だけは短髪の黒髪だった。
それでもメインメンバーとして活躍させてもらえたのは、やはり彼の実力の他ないだろう。
まさか最終的にあんな形で坊主頭になるなんて思いもよらなかったけれど。
私は彼の自転車の後ろに乗っていて、夕暮れの川沿いを走っている。
私が着ている制服のプリーツスカートがひらひらと風にめくれ上がり、私はそれを押さえてバランスを取っていた。
「付き合ってほしいんだ」
「え？」
私は思わず彼の背番号を見つめた。
「俺、花音の事が好きだ」
高校１年の夏だった。
いつも明るくてお調子者なわりに、肝心な事はいつも口に出せない彼が、私に向かって唯一１回だけ『好き』と言ってくれたのがこの時だった。
だから私は今でもこの時の事ばかり夢に見る。
けれどいつも返事をする前に目が覚める。
実際には返事をできたから付き合っていたわけだが、夢の中ではいつもその前に終わってしまう。
心残りを残したまま、私は煮え切らない気持ちで朝を迎えるのだ。

夜7時に店が閉店し、母の作ったミートソーススパゲティを食べてから、再びパソコンの前に向かう。

件名：RE RE 無題
お前ちゃんと俺の話聞いとけよ？
これでも結構まじめに話してるんだからさ！
まあでも、弘人も今は自分の事だけで精一杯だもんな。
お前が入院している間はかっこ悪くて会いたくねえっていうから退院するまで待ってるんだよ、俺は。
早く元気になれよ。
前にも話したけど、マリコは婚約してるんだよ。
でもそれにも色々事情があってさ、とにかくマリコは傷ついてる。
だから俺があいつをさらってやりてえんだよ。
でも無理矢理そんな事したらただの自己満になるだろ？
だからあいつが俺を求めてくるのを待ってる。　唯

婚約している、というフレーズが再び今日出会った真理子さんと、彼の言うマリコを引き合わせた。
でもまさか、そんな偶然があるわけがない。

マリコという名前なんて日本中どこにでもある名前だ。
私の小学校の頃の友達にも１人はいるし、芸能人にだって何人かいる。
それほど珍しい名前ではないし、ましてや二十歳の彼と、真理子さんでは少し年が離れすぎていると思った。

件名：どんな人？
婚約している彼女にこだわる理由が何かあるのか？
そのマリコって人は一体どんな人なんだ？
めちゃくちゃ綺麗とか？　　弘人

その後３日程彼からの連絡はなかった。
ようやく届いた彼からのメールには、核心をつく一言が書いてあった。

件名：返事遅れてごめん。
ちょっと立て込んでてメールできなくてごめん。
マリコはめちゃくちゃ美人ってわけではねえよ。
まあでも綺麗だし、髪が長くて、華奢《きゃしゃ》で、もうすぐ30歳とは思えない感じだ。
俺の一目惚《ぼ》れだったんだ。
俺の大学のそばにあったカフェであいつが働いててさ、毎日通うようになって話すようになったってわけ。
そういや最近桜ヶ丘《さくらがおか》の店舗に移動になったらしい。

確か桜ヶ丘って弘人の家の近くじゃなかったか？

長い髪や、年齢、それからカフェ。
ここまでくると、もう真理子さんとマリコが同一人物ではない方が不自然だった。
弘人以外に、なんの接点もないと思われた私と島岡唯にはさらにもう一つの接点があったのだ。
世間は狭い、とはまさにこの事だ。
思わぬ偶然に、私は目を丸くして食い入るようにメール画面を見つめていた。

PS. お前は一度に２人の人を愛する事はできると思うか？
唯

間隔をあけて、最後の方に付け足された一文に、私は首をかしげた。
「一度に２人……？」
なんとなく頭の中で想像してみる。
要は弘人と付き合いながら、他の誰かを愛するという事だ。
「それって浮気じゃん」
私は思わず呟いた。
私には無理だ。
こんな事を彼が聞いてきたという事は、やはりそれも真理子さんの事なのだろうか。

確か弘人の部屋で見たメールには、一度は受け入れてくれたと書いてあった。
婚約していながら、唯とも何かあったのなら、私は真理子さんを軽蔑する。
今になって唯を拒むくらいなら、初めから断るべきだったはずだ。
私の中で透明感溢《あふ》れる真理子さんの印象は、色を黒く変えていった。

件名：俺には無理だ。
桜ヶ丘は確かに俺の家の近くだよ。
PSに書いてあった事だけど、俺には理解できない。
それって道徳的じゃないだろ。
もしそんなやつを好きならやめとけ、としか俺からは言えないぜ。　　弘人

件名：RE 俺には無理だ。
だよな。
別にマリコのことってわけじゃないんだけどさ。
ていうか最近弘人の彼女の話聞いてねえな。
花音ちゃんだっけ？　最近どうなん？
今でも毎日見舞いにきてくれてんのか？　　唯

ふいに自分の名前を話題にされ、心臓が飛び出しそうにな

った。
弘人は私の事を話していたのだろうか。
一体どんな話をしていたのだろう。

phrase 3

「なあ、花音。昨日の巨人の試合見たか？」
坂道で自転車を押しながら、ユニフォーム姿の弘人が話しかけてくる。
「えー、見てないよ。興味ないもん」
「お前バカだなー。人生半分損してるよ！」
彼は野球のルールすらよくわかっていない私に度々そう言い放った。
「弘人こそ、野球ばっかして人生損してるよ！」
「ひっでーな。俺の人生を否定する気かよ」
ケラケラと笑いながら、彼はちっとも気にする様子もない。
「弘人の命だもんね、野球は」
私は少し皮肉まじりにそう言ってみる。
彼はいつも部活優先で、学校帰りも、日曜日も、私の事などいつも二の次にして野球に没頭していたから、たまにはこんな事も言いたくなるのだ。
「まあな。来年こそは俺絶対甲子園出るんだ。それでスカウトされて夢のジャイアンツ入団を果たす！」
皮肉すらも気づかずに、彼はいつものように壮大な夢を語っている。
「それはそれは、でっかい夢だこと」

私は呆《あき》れて、1人どんどんと坂道を上っていく。
「ったくお前はわかってねーな」
弘人は突然立ち止まり、口をすぼめて私をしかめっ面で睨《にら》みつけた。
「なにさ？」
振り返る私に、ハーッとわざとらしいため息を漏らしてから彼は、
「だから、花音もそろそろ料理の勉強でも始めてろってことだよ」
と言った。
「なんでよ？」
私はそれがどういうことなのかわかっていたけれど、あえて聞き返した。
「プロ野球選手は体が命なんだぞ？　マー君の奥さんを見てみろよ。ああいうのを内助の功っていうんだ」
「だから？」
つい、いじわるな言い方になってしまうのは、彼の口から核心をつく言葉を聞きたかったからだった。
本当は彼が夢に向かっている間、私はとっくに料理の勉強も、野球の勉強も始めていた。
けれど彼は付き合ってから一度も私に好きだとか、そういった言葉をかけてくれず、私はずっとそれを不満に思っていたのだ。
周りの友達のような、人目を憚《はばか》らないラブラブなカップル

に憧れた。
「だからー……、まあいいや。とにかく来年の俺の活躍をお前はしっかり見てろよな！」
今日も彼は核心をつく言葉を言わない。
そのかわりに無邪気に笑ってみせると、近づいてきて私の髪をくしゃくしゃと撫《な》で回した。
その彼の屈託のない笑顔を見ると、私は不満が改善されないまま、いつも彼を許してしまうのだった。
まさに惚れたもん負けってやつだ。

坂の上まで来ると彼は自転車にまたがり、当たり前のように私が後ろに乗ってくるのを待っている。
私はじっとそれを見つめて、彼があの言葉を口にしてくれるのを待っていた。
「なにしてんだよー。早く乗れよ」
それを聞いて、私は思わずはにかんだ。
“早く乗れよ”
その言葉だけで今は彼を許してあげる事にする。
私は彼の背中に腕をまわし、彼の家へと向かうのだった。

第2章

一方通行の恋

phrase 1

メールの返事を考えながら、店の窓越しに先ほどから突然降り始めたどしゃぶりの雨を眺めていた。
6月に入り、本格的な梅雨の時期がやってきたのだ。
(こりゃ、今日はお客さん来ないかもなあ)
そう思った矢先、いつもより荒々しく父の鐘が店内に鳴り響いた。
驚いて入り口に目を移すと、全身ずぶ濡れになった1人の女性が店の中に駆け込んでくるところだった。
彼女の長い髪を見ただけで、私はすぐ彼女が誰なのかわかった。
「真理子さん?」
すると彼女はこちらを振り返り、申し訳なさそうに眉をひそめた。
「ごめんなさい、突然雨が降り出してきちゃって。もう少し弱まるまで雨宿りさせてもらってもいいかしら? もちろんケーキも買っていくから」
私は真理子さんを待たせて一度二階に上がり、浴室からバスタオルを一枚取ってくると、真理子さんに差し出した。
「ありがとう、タオルまで」
そう言って真理子さんは肩からかけていたバッグを床に置

き、腕、足、それからレモンカラーのワンピースにしみ込んだ雨を丁寧に拭いていく。
その姿を見ながら、私は唯の言葉を思い出していた。
“一度は受け入れてくれた”
私はまだ唯の顔を知らないけれど、彼女は彼と逢った事があり、さらにただならぬ関係になった事まであるのだ。
けれど不思議と彼女を前にすると、この間彼女に抱いた嫌悪感はちっともわき上がってこなかった。
「これ、ありがとう。助かったわ」
真理子さんはタオルの汚れていない面を上にして丁寧に折りたたんで返してきた。
「いいですよ、それにケーキも買ってくれなくても大丈夫です。雨なのに荷物になりますし」
商売人としてはあるまじき行為だな、と思ってみたけれど、うちは雨宿りにきたお客さんに対してケーキを売りつけるような店ではない。
地元の方々に支えられて成り立っている店だからこそ、困った時はお互い様なのだ。
「なら今度、知り合いのお誕生日があるの。その時ホールケーキを予約させて頂いてもいいかしら？」
私はもちろん、と頷《うなず》いて予約表の紙をカウンターの下から取り出した。
「受取日時はいつになりますか？」
「6月20日午後3時でお願いするわ」

彼女がカウンター前まで移動してくると、手首にかけていたヘアゴムで湿った長い髪を手早く一つに結びながら答えた。
「ケーキの種類はどうします？」
「彼はチーズケーキが好きだから、チーズケーキでお願いするわ」
彼というので、澤本先生の誕生日なんだ、と思ったが口には出さなかった。
「プレートはつけますか？」
「そうね、つけてもらえる？」
「名前はどうします？」
「えっとね、“ゆい”でお願いできるかしら？」
私はペンを止め、思わず真理子さんの顔を見上げた。
彼女はにこりと笑って、それから「唯一の“唯”よ」と付け加えた。
私は慌てて予約表に顔を戻し、漢字で“唯”と記入した。
「……彼っていうから先生なのかと思いました」
何か聞き出そうと思ったわけではないけれど、ふいにそんな言葉が口をついて出ていた。
「ああ、そうよね。違うの、彼は11月生まれだから。ゆいっていうのはただのお友達なのよ」
ただの友達。
唯と言っている事が随分違うな、と思ったけれどそれ以上追及もできなかった。

私は予約表を書き終えると会計を済ませ、控えの紙を彼女に手渡した。
「ありがとう、ここのケーキ美味《おい》しいから彼もきっと喜ぶわ」
まだ顔も見た事のない彼が、先にうちのケーキを食べる事になるというのはなんだか不思議な気持ちだった。
一向に降り止まない雨の音に耳を澄ませながら、目で真理子さんの行動を追っていた。
真理子さんは店の中をゆっくりとあれこれ手に取ってみながら物色している。
焼き菓子の詰め合わせを一つ手にぶらさげて、再びカウンターに戻ってくると、「そう言えば今日お母様は？」と私に尋ねてきた。
「今ちょっと用事で出かけているんです」
「あら、そうなのね」
「もうすぐ帰ってくると思うんですけど。でも母も傘持っていかなかったから、どっかで雨宿りしてるのかも」
そういって肩をすくめてみせると、真理子さんはドッと笑い出した。
「きっとそうね！」
おかしそうに口に手をあてて笑う真理子さんに、なぜだか親近感のような感情を抱いている事に気がついた。
それは唯を通して彼女の話を聞いていたからなのか、それとも彼女自身から放たれているオーラのようなものに引きつけられているのか、私にもよくわからなかった。
「これ、自宅用に頂いていくわ」
彼女は持っていた焼き菓子の詰め合わせをカウンターの上に乗せた。
「525円になります」
私は手早くレジをうち、それを袋に入れて彼女に渡した。
「あら、そういえば花音ちゃん今日学校は？　もう終わったの？」
今が平日の昼3時過ぎだという事に気づいた真理子さんが、不思議そうに首をかしげた。
「……ちょっと事情があって最近行ってないんです」
私はそう答えるしかなかった。
きっと彼女は私がいじめにでも合っているのだと勘違いするだろうが、仕方がない。
「そうなの……。まあでも自分の好きなように生きるべきだわ。高校に行く事が必ずしも正しい道だなんて限らないもの。……なんて言ったら澤村に怒られちゃうわね」
彼女は私を哀れんだり、軽蔑するような事は一切なかった。
「澤本先生、元気ですか？」
私は思わずそう尋ねた。
「ええ、相変わらずよ」
「……先生と婚約してどのくらいなんですか？」
「いつだったかしら。知り合って5年になるけれど」
唯とは？と聞きたかったが、もちろん私は口をつぐんだ。

「花音ちゃんは彼氏とかいるの？」
十代の女の子のような顔をして、真理子さんは無邪気にそう尋ねてきた。
脳裏に弘人の顔が浮かんでくる。
毎日毎日、朝昼晩問わず想い続ける彼を鮮明に思い浮かべる事は、何をするより容易《たやす》い事だった。
「……います」
私はそう答えた。
「やっぱり。花音ちゃん可愛いから。彼はどんな人？」
「……同じクラスの野球少年で、今年の甲子園に行くのを楽しみにしてました」
「してました？　なぜ過去形なの？　甲子園はこれからでしょう？」
不思議そうに私を見つめる無邪気な彼女を、私は心底うらやましく思った。
彼女は婚約し、これからも愛する人のそばにいる事ができるのだ。
さらにそれ以外にも、彼女を愛する人がいる。なんて贅沢《ぜいたく》な人だろう。
そのうらやましさは、小さな嫉妬のようなものも含んでいた。
「……死んだんです。今年の春の始めに」
彼女は目を大きく見開いた後、両手で口を押さえた。
きっと私が高校へ行かなくなった理由も同時に感づいたの

だろう。
私は彼女の目を見る事ができず、俯いた。
彼女と私の間にどんよりと重たい沈黙が流れ、雨の音がさらに大きくなったような気がした。
「どうして亡くなったの？」
さっきよりもずっとトーンの低い静かな声で彼女は私に聞いてきた。
「白血病でした」
「……彼はいくつだったの？」
「17歳です」
「……そう」
それからしばらく彼女は考え深げに目を伏せていたけれど、
「今でも愛してるのね」とふいに呟いた。
「どうしてわかるんですか？」
「だって、彼氏がいるのかって聞いたら“います”って答えたでしょ？　まるで彼が亡くなった今でも付き合ってるみたいに」
弘人は私に別れよう、と言わずにこの世を去った。
それは同時に、私たちが恋人同士であり続ける事を意味しているように思えた。
そう思うと私の心は少し救われるのだ。
「私たちは別れてないんです。だからそう答えたんです」
「……そうよね。やっぱりお別れの言葉がないと、人って次に進めないものなのね」

彼女は窓の外を眺めながら、それはまるで自分に言い聞かせているようにも見えた。
「なぜそんな事言うんです？」
「……ううん、何でもないのよ。花音ちゃん、辛《つら》いだろうけどそんな風に人を愛せるのって素晴らしい事だわ。彼もきっと幸せだったはずよ」
彼女は優しい目で私を見つめて微笑むと、バッグを肩にかけ直し、いつのまにか小雨になった外を見やって、「じゃあまた雨が強くならないうちに行くわ」と店の扉を開けた。
「あ、真理子さん！」
私はカウンター越しに彼女の背中を呼び止めた。
「何かしら？」
「あの……、今度カフェに遊びに行ってもいいですか？」
彼女は拍子抜けしたようにぱちくりと瞬《まばた》きをしてから、
「もちろん！　今日のお礼にサービスするわ」
と再びにっこりと微笑んで店を後にした。

件名：無題
彼女は今でも毎日見舞いに来てくれてるよ。
そういえば唯の誕生日っていつなんだ？　　弘人

件名：RE 無題
よくぞ聞いてくれた！
俺の誕生日は６月20日だよ。弘人はいつなんだ？

そっか。じゃあ今でも付き合ってるんだな。
この間お前が別れようと思ってるって話してたから、気にしてたんだ。　　唯

しばらくその言葉の意味が理解できなかった。
弘人が私と別れようとしていた。
それは初めて聞かされた真実だった。
目の前が真っ白になる。

件名：無題
俺、そんな事言ってたか？　　弘人

私は無我夢中でそう返信を打った。
それからずっとパソコンの前で返信が返ってくるのをひたすら待っていた。

件名：RE 無題
ああ。結構前だけど。
花音ちゃんが見舞いにくると息が詰まりそうになる時があるってさ。
だからどうしたかなって思ってたんだよ。　　唯

こんな事を知ってしまうくらいなら、唯とメールなんてしなければよかったと思った。

もしかしたら罰があたったのかもしれない。
弘人になりすまし、唯を騙《だま》すような事をしていたから。
毎日病室に見舞いにいくと、どんなに辛い時でも笑顔で私を迎えてくれた弘人の顔を思い出した。
彼は本当は無理していたのだろうか。
私が彼に無理をさせていたのだろうか。
本当は辛いはずなのに、いつも無理矢理笑顔を強制させてしまっていたのかもしれない。
そう思うと、彼のためだと思っていたあの3ヶ月の行動は、全て私の自己満足のためだったような気がしてくる。
彼はただ私に別れを言うタイミングを逃し、先立って死んでしまっただけだったのだろうか。
彼の残してくれたはずだった“永遠”が、途端に薄れていくのを感じて私は急に怖くなった。

私は家を飛び出し、自転車にまたがった。
川沿いを進み、突き当たりを右に曲がって真っすぐ真っすぐ走っていくと、あの坂にさしかかる。
私はその前で自転車を停めた。
もうこの坂の上に彼はいない。
わかっている。わかっている。わかっているけど…。
私は思い出を見上げるように、日の暮れた坂の上を眺めていた。

phrase 2

「別れる！」
「でた、花音の別れる宣言！」
弘人は自分の自転車の後ろに軽く腰をかけながら、私を見て笑っている。
放課後の学校の駐輪場はいつも私と弘人の喧嘩《けんか》スポットだった。
といっても、怒っていたのはいつも大体私の方だった。
「今度こそ本気だもん！」
「はいはい、そうですか。つうか寒《さみ》ぃし、早く帰ろうぜ」
高校１年の冬だった。
弘人は首に白いニットのマフラーをぐるぐると無造作に巻いており、身震いをして顔を埋めた。
「なにそれ！　冗談だと思って！」
私は目一杯頬を膨らませて弘人を睨みつけた。
「しゃーねえだろ、俺がしたくてやったわけじゃねえんだから」
彼は手に一枚の可愛らしい便箋を持っていた。
彼は１年生にして野球部の注目株であり、それでいて背も高く、なかなかのハンサムだったせいで、とにかくモテまくっていた。

同級生からはもちろん、時には上級生や、他校からも彼を見に野球部のグラウンドに集まってくる始末だった。
それが私にとって、いつも心配で仕方なかった。
そしてこの日も、一緒に帰ろうと下駄箱に行くと、彼の靴の上にラブレターが一枚置いてあったのだ。
それがこの喧嘩の火種だった。
私は彼の手からその手紙を奪い取ると、あっという間に真っ二つに破り捨てた。
「わっ、お前そこまでしなくてもいいじゃん」
「なにさ！　これ見て可愛かったら連絡するつもりだったわけ？」
「そうじゃねえけどさ」
彼は困ったように眉をひそめてため息をついた。
そんな彼の反応を見ていると、なぜだか怒りを通り越して涙が溢れてくる。
「なあ花音、少しは俺の事信じろよ」
彼はため息まじりにそう呟いた。
「……弘人なんかと付き合わなければよかった」
あっという間に溢れ出した涙は、降り始めたばかりの雨のようにポタリ、ポタリとコンクリートを濡《ぬ》らした。
「それ本気で言ってんの？」
弘人の低い声が、珍しく怒っているのがわかった。
「弘人と付き合うから、こんな目に遭うんだ」
私は俯いたまま、唇を噛み締めた。

「……花音、こっち見ろよ」
弘人が差し出した手を、私は思い切り振り払った。
「やだ、もういい」
「……あっそ、勝手にすれば」
弘人が自転車のスタンドを荒々しく跳ね上げ、ジリジリとチェーンの回る音と共に私を残して歩いていく。
「う、うう……」
私はついにその場で泣き崩れた。
ヤキモチをやいたのだと素直に言えない自分に心底うんざりした。
それでも彼と付き合っていると不安はいつもついてくる。
だからこそ彼が私を引き止めてくれる事で、私はいつも彼の愛を確かめようとしてしまうのだ。
いつのまにか自転車の音も聞こえなくなり、それでも私は夕暮れの駐輪場でいつまでも動き出す事ができなかった。

しばらくして、ゆっくりと足音が近づいてきた。
ふいに頬に温かいものが触れ、驚いて振り返ると、弘人が自販機で買ってきたホットミルクティーを持って私の頬に押し付けていた。
「寒いだろ。もう帰ろう」
そう言う弘人を見て、再び溢れ出す涙で彼の顔が滲《にじ》んでいく。
「もう泣くな、泣き虫!」

彼は私の腕を掴《つか》み立ち上がらせると、徐ろに手のひらで私の顔をこすりながら、
「なあ、知ってる？　お前の涙って黒いんだぞ」
とまたふざけて笑い出す。
「……もう、最低バカ」
私はむすっと唇を尖《とが》らせて彼を睨みつける。
「……とりあえず今日はこれで勘弁な」
彼は持っていたミルクティーを私に手渡すといつもの笑顔で私の頭をポンポンと叩いた。
彼の笑顔を見ると、私はやっぱり彼が大好きなのだと思い知られるようだった。
私はまた可愛げもなく「……許す」と呟く。
「許す、じゃねえよ。本当は俺なんも悪くないんだからな！　ったく金のかかる女」
弘人は肩をすくめてやれやれと首を振った。
「うるさい！　女好き！」
「はあ？　俺は女好きじゃなくて、“女好かれ”なんだよ」
「なにそれ、超自意識過剰！　きもい！」
「冗談だよバカ、本気にすんな」
「ふん、ナルシスト！」
「うるせえ、いいから乗れ！」
彼は近くに停めてあった自転車にまたがり、いつものように私が乗るまで待っていてくれる。
私たちはいつも言い合いながら、それでも離れる事はでき

ないのだと思っていた。
それが私たちの付き合い方であるはずだった。

数日後、私は自転車を走らせ、真理子さんの勤めるカフェにやって来た。
このカフェには前の店長さんだった頃から度々弘人と一緒に、よくテスト勉強をするために通っていた。
この街にはどこに行っても、どこを見ても、彼を思い出すものが多い。
それが私にとって唯一の幸せでもあったはずが、今ではそれすら思い出せない。
彼が別れようとしていた事を知ってから、私は唯に返事を出せずにいる。
一体何と返せば良いのかわからなかったのだ。
母にも、友達にも、もちろん彼の家族にも相談できずに1人で考え込んでいたのだけど、どういうわけか“真理子さんだったらなんと言うだろうか”と閃《ひらめ》いて今こうしてここに来ているというわけだ。
入り口の前で少し躊躇《ためら》ったあと、私は思い切って扉を開けた。
香ばしいコーヒー豆のにおいが店内に漂っている。
平日の昼間だったせいか、お客さんはまだ誰もいなかった。
「あら、花音ちゃん！　いらっしゃい！」

腰巻きの黒いエプロンをした真理子さんが、私を見るなりパッと笑顔になって迎え入れてくれた。
「今、大丈夫ですか？」
「もちろん、営業中にお客さんが入っちゃいけないなんて事ないでしょう」
真理子さんはまたクスリと笑って私をカウンター席に通してくれた。
少し背の高いイスに座ると、カウンターの前には何十種類ものコーヒー豆の入った瓶が並べられている。
「何飲む？」
「あ、えっと…、カフェラテでお願いします」
「アイスでいいかしら？」
「はい、お願いします」
カウンター席に座ったのは初めてだった。
この席はどちらかというと、店長さんのなじみ客が好んで座る席で、私のような若い学生はいつもテーブル席に座っている。
彼女がドリンクを作っている間、私は店内を見回した。
前に来ていた時と何も変わっていなかった。
木目調の店内には、いくつかのアンティーク時計がぶら下げられていて、その他にもアンティークの電話や、タイプライターなどがインテリアとして飾られている。
窓際のテーブル席に、私はいつも弘人と座っていた。
一瞬弘人の残像が見えた気がしたが、すぐに消えてなくなった。
「お待たせしました」
その声に振り返ると、グラスになみなみと注がれたカフェラテと一緒に、紅茶のシフォンケーキが添えられていた。
「これ……」
「今度サービスするって言ったでしょ」
そう言って真理子さんは得意げにウインクをした。
「ありがとうございます」
「いいのよ、本当に来てくれて嬉しいわ」
真理子さんは雨の日のように髪を後ろで一つに束ねていて、片付けを終えるとコーヒーカップを片手にホールに出てきて、私の隣の席に腰を下ろした。
「私もちょっと休憩」
真理子さんはいつものようににっこりと笑って私の顔を覗き込んだ。
「このケーキすごく美味しいですね」
私は食べかけのシフォンケーキを指差して言った。
「花音ちゃんの家のケーキには負けるけどね。うちの中ではこれが一番のおすすめよ」
「うちシフォンケーキはないからなぁ」
「じゃあそのままにしてくれる？　じゃないとお客さん取られちゃうわ」
私たちは目を合わせて笑い合った。
なぜだか真理子さんといると、心が軽くなるようなそんな気がした。
この間感じた親近感のようなものは、あながち間違っていないのかもしれない。
「ところで今日はどうしたの？」
ふいにそう聞かれ、私はフォークを持っていた手を止めた。
「別にどうしたってわけじゃなくて、ただ遊びに来てくれただけでも全然構わないんだけど」
真理子さんはうちの母とよく似ているな、と思った。
スナックのママに向いている。
要は人の心を読める人、というか空気を読めてしまう人だ。
けれどうちの母は心が読めてしまう結果、あえてその話題に触れない人だけれど、真理子さんはその逆だった。
けれど決して強引にではなく、さりげなく私が話すまで待ってくれる人だ。
「……ちょっと相談したい事があって」
私はついにそう切り出した。
「うん、どうしたの？」
真理子さんはカウンターに肘をついて、コーヒーをすすりながら言った。
「……彼が亡くなる前、私と別れようとしていたみたいなんです」
真理子さんは一瞬驚いたように私を見やってから、カップをテーブルに置いて「どうしてそう思うの？」と聞いてきた。

「彼の友達から、彼が別れようとしてたって聞いたんです。私は初耳だったんですけど……、びっくりしちゃって」
「……なるほどね。それで気になっちゃったのね」
私は静かに頷いた。
真理子さんは少しの間遠い目をして何か考えていたようだったけれど、それから私を見なおしてこう話した。
「そうね……、気持ちはよくわかるわ。でも亡くなった相手の思考を、憶測であれこれ考えるのはよしなさい。無駄な問いかけをしたくなるだけから。どんなに考えたって真相はわかりっこないんだもの。何がどうであれ、彼は最後まであなたに別れたいとは言わなかった。それが真実だわ」
「そうですよね……」
真理子さんの言っている事は最もだった。
今更私がどんなに悩んだところで、彼の本心はもう聞く事ができないのだ。
残された私が信じるべきなのは、生きていた頃の彼から受け取ったものだけだ。
「一つ、花音ちゃんに秘密を教えてあげる」
真理子さんはそう言ってじっと私を見つめた。
私はまさか唯の事だろうかと思い、ごくりとツバを飲んだ。
「私ね、実は澤本と婚約してないのよ」
「え⁇」
私は思わず彼女の左手薬指にはめられたシルバーの指輪を

見やった。
「ああ、これね。これは確かに澤本から貰ったものよ。正確に言うとね、できないのよ。……彼、他に奥さんがいるの」
あまりの衝撃に私は変な声を発して思わず手で口を押さえた。
「驚かせてごめんなさいね」
「でもそれって……」
私が口に出していいのかわからず最後の二文字を言い出せずにいると、
「不倫？　そうね、そうなるのかもしれないわね」
と彼女は答えた。
私はずっと澤本先生ではなく、真理子さんの方が唯と浮気しているものだと思っていた。
もちろん先生に奥さんがいるのであれば、真理子さんも不倫をしている事には変わりはないが、彼女を見る目が変わったのは確かだった。
「どうしてそんな事……？」
そう尋ねると真理子さんは切なげな表情を浮かべ、何度か唇を噛んで躊躇ったあと、静かにその経緯を話し始めた。
「彼と出会ったのは5年前のことよ。私が前に勤めていたカフェに毎日やって来る常連さんだったの。少し仲良くなってから、なぜ毎日来るのかって訊いてみた事があってね。彼の奥さん、彼が店に来るようになる少し前に交通事故に巻き込まれていたの。大変な事故で、なんとか一命はとりとめたものの、意識は戻らなかった。そのまま植物状態になってしまって」

私は、驚いて真理子さんの横顔を見つめた。

「それでも彼は目が覚める事を信じて毎日お見舞いに来ていたのね。ちょうどその病院がある駅の近くの店だったから、帰りに休憩がてら毎日寄っていたんですって」

私の中での先生はいつもの静かで、冷たく、どこか陰のある印象だった。

その陰の正体が何だったのか、私は今確信した。

「初めは奥さんの容態や、病院での話をしていたんだけど、いつからかお互いの事についても話すようになってね。そのうちに1年が過ぎて私たちはお互いに意識するようになっていたわ。奥さんがいる事はわかっていたけど、お医者さんの話ではもう意識が戻る可能性はほとんどないと聞いていたし、彼もいつまでも立ち止まっているわけにはいかないと心ではわかっていたのよ。だから彼から交際を申し込まれた時は少し戸惑ったけれど、彼を愛していたし、彼の全てを受け入れようと決心したの。もちろん彼は私を大切にしてくれたし、本当に優しくて真摯に愛してくれた」

真理子さんの瞳は恋する少女のように、彼を想い、揺れていた。

「1、2年前に彼から正式にプロポーズもされたわ。でもそれは内縁の妻としてって事なの。だって彼の本当の奥さんは、今でもずっと眠り続けているから」
なんて残酷な話だろうかと思った。
全ての思いが交わる事なく、一方通行に走っていた。
澤本先生は奥さんを想い、真理子さんは先生を想い、唯は真理子さんを想っている。
「真理子さんはそれでいいんですか？」
「私、そんな良い人間に見える？」
真理子さんはとても寂しそうに笑った。
「彼と一緒に奥さんのお見舞いにも何度も行ってるわ。その度に思うの。もし今彼女が目覚めたら彼はどっちを選ぶんだろうって。彼は彼女が目覚めたら、私の事を話して離婚するつもりだ、と言ってくれていたけど、そんなのきっと彼女が目覚めた感動で変わってしまうわ。だから私ね、早く死んでくれたらいいのにって……。最低でしょ？　でも本当なの」
初めて真理子さんに会った時、以前どこかで見た事があると思っていたが思い出せずにいた。けれど今、私はようやく思い出した。
私が初めて真理子さんに会ったのは、弘人のお見舞いに病院を訪れた時の事だった。
入り口近くに見覚えのある顔があり、よくよく見てみるとそれは澤本先生だった。彼は隣に髪の長い女性を連れており、それが真理子さんだったのだ。
プライベートだろうし、親しい先生でもなかったから、私はもちろん話しかけなかったけれど、きっと２人は奥さんのお見舞いにやってきていたのだろう。
彼女を最低だなんて思わなかった。
けれど先生の気持ちもわかる。
きっともしそれが弘人だったら、私はいつまでも踏ん切りをつけられず意識のない彼を見舞い続けるだろう。
なぜなら彼と私は別れの言葉を交わしていないからだ。
先生と奥さんもきっとそうだ。
突然の事故で、２人はさよならを言う時間さえ与えられなかった。
だからこそほんの１％でも目を覚ます可能性があるのなら、待ちたいと思ってしまう。
けれど人間はそんなに強くないから、先生は真理子さんに甘えたのだ。
そして愛してしまったのだ。
同時に２人の人を……。
どうして彼を責められるだろう。
きっと真理子さんもそれをわかっている。
わかっているからこそ、今もこうして彼女の左手の薬指には指輪がはめられているのだ。
愛する人には奥さんがいる。
けれど、離れたくない。
そして真理子さんもまた、その無限ループの中できっと、唯を頼ったのだ。

その時、唯が言っていた言葉を思い出した。
“お前は一度に2人の人を愛する事はできると思うか？”
彼が訊きたかったのはこの事だったのだろうか。
「でも無駄なのよね。口の利けない人に答えは求められないから。早く澤本を解放してあげてって奥さんに頼んでも、彼女は口を開かないもの。人は別れの言葉がないと前に進めないのよね。ましてや彼女はまだ生きているわけだし。…ってごめんなさい！　私の話ばっかりになっちゃったわね！」
「いえ、気にしないでください」
すると真理子さんは一度息を吐いて、
「私がこの話を誰かに話したの、花音ちゃんで2人目よ」
と教えてくれた。
それで1人目が唯だったのか、と私は心の中で納得した。
「だからね、花音ちゃん。花音ちゃんの気持ちは痛いほどよくわかるの。だから花音ちゃんもそんな風に彼氏の事で悩むべきじゃないと思うわ。きっと彼は花音ちゃんがいてくれて幸せだったはずよ」
「そうかな？」
「きっとそうよ、だって彼は……」
その時、店に2人の男性が会話をしながら入ってきた。
真理子さんは慌てて立ち上がり、「いらっしゃいませー」とあいさつをしてから振り返り、口パクで“ごめんね”と謝った。

私は首を振って返す。
私は飲みかけだったカフェラテを一気に飲み干し、立ち上がった。
「あら、もう帰る？　まだいてくれて構わないのに」
「ちょっとやる事があるので。また来ます」
私はバッグから財布を取り出しながら答えた。
「そう。今日お代は結構よ。わたしのおごり」
「そんな、悪いです！」
財布から千円札を取り出し、差し出す私の手を押さえて、
「いいの、気にしないでちょうだい！　そのかわりまた来てね！」
と真理子さんはいつもの笑顔で、私を見送ってくれた。

家に戻ると、私は久しぶりにパソコンの電源を立ち上げた。
唯からのメールを開き、返信ボタンをクリックする。

件名：遅れた。
誕生日もうすぐだな？
何か予定はあるのか？
ちなみに俺の誕生日は８月８日だよ。
まあとにかく花音とは、今でも付き合ってるよ。

―――それは私の願望だったのかもしれない。

phrase 3

夕暮れの教室。
窓際の席でグラウンドを眺めながら私は誰もいない教室に１人居残っている。
西日のよくあたる席だった。
教室はオレンジ色に照らされて、消し残された黒板の文字がキラキラと光って見えた。
そろそろだ。
誰かが廊下を走る足音がする。
私はその足音に耳を澄ませながら教室のドアの方に目を移した。
ガラガラと勢いよく開かれたドアの先に、泥だらけのユニフォームを着た弘人が立っていた。
「まじごめん！」
両手を合わせ頭を下げる彼を、私は頬を膨らませて睨みつける。
「いっつもそう！」
「本当ごめん！　なかなか抜けられなくて」
いつもそうだった。
今日は部活が休みだから一緒に帰ろうと自分から誘っておいて、結局野球部の仲間達との個人練習にかり出される。

「だったらはじめっから先帰っててって言えば良いじゃん！」
私は必死に頭を下げる彼から目を背け、立ち上がった。
「本当ごめん！」
「もう知らない！　帰る！」
私がバッグを背負い、席を離れようとすると彼は慌てて私の腕を掴んだ。
「おい、待てって！」
「そんなに野球が好きなら、一生野球だけやってればいいじゃん！　バカ！　死ね！」
手を振りほどこうとした途端、彼は突然私の事を抱きしめた。
「……人はそんな簡単に死なねぇよ」
泥臭い彼のユニフォームに包まれながら、私はぎゅっと拳を握りしめる。
「じゃあそこの窓から飛び降りれば」
「ったく、お前口悪いな。彼氏に向かってひでぇやつ」
苦笑する彼はそれでも私の事を離さない。
「ひどいのはどっちよ。いつもいつも待たされる私の身にもなってよ！」
じわじわと目に涙が溢れてくる。
それは待たされた事が原因ではない。
どんなに待たされようとも、好きという言葉を貰えなくとも、彼を嫌いになれない自分への悔しさでもない。
むしろどんなに振り回されようと、彼への想いは溢れていくばかりだった。
けれどそれを素直に彼に伝えられない自分へのもどかしさが、こうして涙となって溢れてくるのだ。
彼は泣いている私に気づくと、ユニフォームの裾でそれを拭った。
「……泥つくじゃん」
「だってハンカチ持ってねえんだもん」
彼は再び私を強く抱きすくめ、最後にもう一度「ごめん」と謝った。

窓の外の空が紫色のグラデーションに変化する。
教室の中は薄暗くなり、さっきまで見えていた黒板の字ももう見えない。
ふいに彼の腕が緩み私が顔を上げると、少し寂しそうに微笑む彼の顔がぼんやりと浮かんでいた。
「……私より先に死んだら殺すから」
死ねなんて嘘《うそ》だよ、ごめんね。
本当はそう言いたいはずなのに、私はどうしていつもこんな可愛くない遠回りな言い方しかできないのだろう。
「…なんだそれ」
彼は呆れて苦笑する。
「死ぬな、バカ」
再び目の奥が熱くなり、彼の顔がぼやけていく。
彼はまた少し笑って「泣き虫」とからかうと、静かに私の唇にキスを落としていく。私は目を閉じて受け入れた。

素直じゃないのは彼も私も同じだった。
この時の事は今でも後悔している。
死ねなんて、どうして口軽く言えたんだろう。
もちろんそれは彼が死ぬはずないと思っていたからだ。
彼は夢を叶え、私はそれをサポートし、結婚し、子供が生まれ、いつか彼が引退したら彼はどこかの草野球チームの監督になり、そうやって沢山の未来を歩んだ後、老いと共にいつかは必ず死がやってくる。
けれどそれは決して17歳の彼にではない。
“死”は、たった17歳の彼が背負うべきものではないはずだった。

なぜ？　どうして？
どうして彼だったの？
今でも心が答えを求めている。
答えの出ない答えを探している。

第3章

進む者と残る者

phrase 7

学校に行かなくなってから、日付感覚も、曜日感覚も、著しく衰えた。
今日が何日の何曜日だろうと、今の私にはあまり関係がない。
強いて言えば水曜日の定休日になると、週の半分が終わったのだな、と思うくらいだった。

店のオープン前に、本日受け取りの予約表を確認する。
そこで私はようやく、今日が6月20日である事に気がつくのだった。
今日は唯の誕生日だ。
真理子さんが彼のために予約したケーキを受け取りに来るだろう。
唯はあの後、メールで誕生日に特に予定はない、と話していたけれど、きっと隠しているだけで2人は今日逢うに違いない。
彼女とはあのカフェに行った日以来、会っていなかった。
正直なところ、私は真理子さんと唯がよりを戻せばいいと考えていた。
そうすれば、真理子さんはもう先生の奥さんの事で悩む事もなく、先生も２人の女性の間で揺れる事もなく、唯の気持ちも報われるのだ。
みんなが幸せになれる唯一の方法だと思った。

午後３時頃、店に若い男性が１人訪れた。
シンプルなVネックの白いTシャツに、くすんだブルーのデニム。
髪はウエーブがかったダークブラウンで、ふちの黒い眼鏡をかけていた。
大学生くらいだろうか。
若い男性がこの店に訪れるのは珍しく、私は他人事のようにしばらく彼の様子をぼんやりと眺めていた。
「……あの」
ふいに声をかけられ、私はそこでようやく我に返る。
「あ、…はい！」
「予約していた宮崎ですけど……」
私は思わず眉を寄せて彼を見やった。
今日の予約は真理子さんから頼まれたチーズケーキが１件のみだった。
確かに予約表には彼女の名字である“宮崎”と記入されているが、彼はどう見ても真理子さんではないし、一体彼は何者だろうか。
私は疑いの眼差しで、「宮崎真理子様ですか？」とわざと聞いてみた。

「あ、いえ。それは自分ではないんですけど、彼女の代わりに受け取りにきました」
「失礼ですが、お受取人様のお名前を伺ってもよろしいですか？」
もしかして真理子さんの弟かも、と思い直し一応確認してみる。
「あ、自分は島岡唯って言います」
「えっ!?」
私は思わず目を見開いて大きな叫び声を上げていた。
「……どうかしました？」
私の反応に今度は彼が怪訝《けげん》に眉をひそめる。
「すみません、なんでも……」
つい昨日までメールでやり取りしていた相手が、こんな風に目の前に現れるなんて思いもしなかった。
「……島岡様ですね。商品をご確認頂けますでしょうか？」
「あ、はい」
私は驚きを隠し、裏の冷蔵庫から予約のケーキを持ってくると、彼の前で箱をあけてみせた。
「プレートのお名前のご確認をお願いいたします」
プレートには“お誕生日おめでとう　唯”とチョコペンで書かれている。
なかなか本人を目の前にして確認をさせる事もないので、違和感を感じた。
きっと彼も同じ気持ちだろう。

「あ、大丈夫です」
やはりちょっと照れ臭そうにすぐに目をそらした彼は、ずれてきた眼鏡を上げるような素振りを見せた。
「代金は頂いておりますので」
そう付け足して、私はケーキを箱に戻し、手提げの紙袋に入れて彼に手渡した。
「どうも」
彼は軽く頭を下げ、そそくさと扉へ向かっていく。
「あのっ！」
無意識のうちに、私は彼を呼び止めていた。
彼は足を止め振り返ると、私の事を真っすぐに見つめてくる。
「はい？」
一体何を言おうとしたのか自分でもわからない。
ここで、実はメールをしていたのは私なんです！なんてバラすわけにもいかないし、それ以外に彼と私を直接繋《つな》いでいるものは何もないのだ。
私は声を詰まらせ、そしてようやく言葉を吐き出す。
「お誕生日おめでとうございます」
彼は少しびっくりしたような顔をしていたけれど、最後にほんの少しだけ微笑んで「ありがとうございます」と頭を下げると店を出て行った。

彼が帰った後も、私はしばらく放心状態のままだった。

閉店し、部屋に戻ると、私は彼にメールを送る。

件名：誕生日おめでとう。
誕生日おめでとう。
確か今日で二十歳だって言ってたよな。
これでついに大人の仲間入りってわけだ。　　弘人

その彼から返信が来たのは日をまたいだ午前1時頃だった。
もちろん私がそのメールを見たのは次の日の朝だ。

件名：ありがとう。
ついに二十歳になりましたよ。
嬉しいんだか、悲しいんだか。
二十歳になった俺が一番始めにしたことを教えてやろうか
？笑
自分用のケーキを自分で取りに行ったんだ。
笑えるだろ？
店員さんも変な顔してたよ。笑　　唯

件名：RE ありがとう。
そのケーキ自分で頼んでたのか？　　弘人

件名：RE RE ありがとう。

まさか、そんなことしねーよ。
マリコの仕業だよ。
二十歳の誕生日くらい一緒に祝ってよって頼んでたんだ。
マリコもいいよって言ってくれてたんだけど、昨日になって突然、用事ができたみたいでさ。
その代わりケーキ頼んであるから、桜ヶ丘のパティスリー・カノンっていうケーキ屋さんに取りにいってくれる？だって。
それでめげずに一応ケーキだけは取りにいったってわけ。
本当笑えるだろ？　　唯

誕生日当日にキャンセルするなんて真理子さんもひどい事するなと、私は唯に同情した。
けれど私はそれよりも、彼に私の存在を認識してもらいたい衝動にかられ始めていた。
弘人になり変わってメールをするだけではあき足らず、彼の存在を現実に目の当たりにした今、その思いは一層膨れ上がり、私はついに彼にこう打ち明けるのだった。

件名：それって
そのケーキ屋、俺の彼女の実家だよ。
もしかしたらその店員は俺の彼女かもしれない。　　弘人

一体どんな返事が返ってくるだろうと、期待と緊張を抱え

ながら待っていると、すぐに返事が返ってきた。

件名：嘘だろ!?
驚いた。本当にこんな偶然ってあるんだな！
これが前にお前が言ってた運命のいたずらってやつかな。
あのちょっと童顔で目の色が茶色くて、セミロングの子だよな？
へえ、なかなか可愛いじゃん。お前の彼女。
別れなくて正解だよ、なんてな。笑
って事は、俺はお前の彼女に変な人だと思われたって事だな。
なんか余計恥ずかしくなってきたよ…。　　唯

童顔で、目が茶色い、セミロングの子。
それはまさしく私の事だった。
父親譲りの私の目は、昔から少し日本人離れした明るいブラウンで、少々丸い輪廓《りんかく》は母親譲りで、それが童顔と言われる元となっていた。
あの短時間で、彼が私の事をちゃんと認識していてくれた事が、なんだか無性に嬉しくなった。
これでついに、彼も私の存在を把握してくれたというわけだ。

件名：本当に驚いたよ。

本当にこんな偶然あるんだな。
花音にもたまに唯の話をしていたから、その事話したんだ。
そしたらびっくりしてたよ。　　弘人

――――

――――――

「なんでそんなにじっと見るの？」
弘人は次の授業までの休憩中、教室の前の席に座って私の顔をまじまじと見つめている。
「花音の父さんって日本人？」
「……は？」
私は彼の言葉を理解できずにポカンと口を開いた。
「ハーフ？　クォーターとか？」
「んなわけないじゃん！　日本人だよ！　純日本人！」
「じゃあ、なんでそんなに目茶色いの？　お前の母ちゃんは店で見た事あっけど普通だよな？」
そういうことか、と私は、
「まあ確かにお父さんの目は茶色かったよ、写真でしか覚えてないけど」
「へー、じゃあ俺らの子供が生まれたらお前の方に遺伝してほしいな」
彼があまりにも当たり前のようにそんな事を言うので、私は思わず声を詰まらせた。

好きなんて言葉は今まで一度しか言ってくれないにもかかわらず、そういう事は平気で口にする彼に、
「……誰が弘人と結婚するって言ったのよ」
と、つい照れ隠しのように可愛げもなく私は呟いた。
すると彼は両手を使って私の頬をぎゅっとつねる。
「生意気」
「い、た、い。離して」
「やだ」
「なんでよ」
「今の言葉訂正したらいいよ」
私は思わず周りを見やった。
中休みとはいえ、教室にはクラスメイトがそこら中に群がっている。
「……やだ」
「だーめ」
「やだよ、人いるじゃん」
「いいじゃん、悪い虫が寄って来なくなる」
「悪い虫って……」
「ほら、早く。授業始まっちゃうよ？」
彼は私をいじめて楽しんでいるのだ。
私はもう一度辺りを見やってから、ため息をつき、机から身を乗り出すように弘人に顔を近づけた。
「……結婚します」
「誰と？」

「……弘人」
「じゃあチューして」
私は思わず後ずさり、彼の顔を凝視した。
「で、できるわけないじゃん！　人いるのに」
「べつにいいじゃん。付き合ってんだから」
「そういう問題じゃないし！」
そう言って私は彼の手を振り払った。
すると彼は急に俯いて何やら手首をひねり始めた。
「……どうしたの？」
「……いや、ちょっと関節が痛くて」
彼は顔をしかめていつまでも手首を左右に動かしていた。
「野球のやりすぎ？」
「……かな？」
そう言いながら彼が腕まくりをした時、私はあるものを目にしたのだった。
「……それなに？」
「え？　ああ…こないだちょっとぶつけてさ、結構前なんだけどなかなか治らねえんだよね」
彼の腕には大きな青あざが浮かんでいた。
「そんなに強くぶつけたの？」
「いや、そんな事ないんだけどさ」
「……病院行った方がいいんじゃない？」
「青あざごときで病院行くやついるかよ」
彼は私の言葉を鼻で笑うと、「すぐ治るよ」と何でもなさそうに言った。
「それより」
「何？」
「チューは？」
「は、まだ言ってるの？」
「言うよ、彼氏だもん。権利あるだろ」
「今は無理」
「じゃあ、いつならいいの？」
その質問に私は顔が熱くなるのを感じて俯いた。
「……花音ってさ」
「……なによ」
「本当俺の事好きだよな！」
そう言う弘人は相変わらず口が裂けてしまいそうなほどに楽しそうに笑っていて、悔しいけれど、私はやはりその笑顔が好きでたまらないのだ。

phrase 2

ベッドの脇で機械音が鳴り響いていた。
鳴っていたのは私の携帯電話だった。
高校に行かなくなってから友達とも連絡を取る事がなくなっていたせいか、最近ではほとんど鳴らなくなっていたのだ。
彼が亡くなった後数日間は、事情を知っている仲の良かった友達から励ましのメールが何通も届いていたけれど、私はその全てに返事を出さなかった。
未だに彼の死を受け止められていないのに、励ましのメールに返事なんて書けるわけがない。
携帯を手に取り見てみると、高校の友達からのメッセージが届いていた。
彼女の名前は、山口《やまぐち》紗季《さき》。
高校では弘人と同じく3年間ずっと同じクラスで、彼女は野球部のマネージャーだった。
【久しぶり。花音に話があるんだけど、いつか会える日ない?】
高校の同級生と会うのは正直気が進まなかった。
弘人の事を思い出す事になるし、きっと彼の話をしなければならなくなる。

そして彼が死んでしまった事を嫌でも思い知らされる事になるからだ。
紗季は高校に入って初めてできた親友だった。
私と弘人の仲を取り持ってくれたのも彼女だった。
彼が亡くなってから、高校に行かなくなってしまった私を彼女がどう思っているかなんて大体見当はつく。
優しい子だから、きっと腫れ物に触るように接してくるに違いない。
そう思うと余計憂鬱に感じずにはいられなかったが、いつまでもこうして連絡を無視し続けるわけにもいかなかった。
【水曜日なら店が休みだから会えるよ】
【わかった、じゃあ水曜日学校帰りに行くね】

「ねえ、花音も野球部のマネージャー一緒にやらない？」
まだあどけなさの残る高校１年生の紗季は、すぐ後ろに座っていた私にそう話を持ちかけてきた。
「ええ、いいよ私は。野球とか興味ないし」
中学時代、好きでもないテニス部でほとんどの青春を奪われた私にとって、高校は失われた青春を取り戻すチャンスだった。
私にとっての青春とは、放課後友達とカラオケやゲームセンターに通ったり、もちろん彼氏を作って毎日一緒に帰ったり、キスしたり、それ以上の事もしたりして少女漫画さながらの学園生活を謳歌《おうか》する事だった。
「えーいいじゃん！　きっと楽しいよ！」
「もう私は部活とかしないって決めてるの！」
きっぱりと言い切る私に、紗季は不満そうに唇をすぼめてみせた。
「ちぇっ。せっかく花音と弘人くんの仲を縮めてあげようと思ったのに」
「弘人くんって？」
「何、同じクラスなのにまだ名前覚えてないの!?　ほら廊下側の席の一番後ろに座ってるあいつ！」
私は紗季が視線を送る方に顔を向けた。
ワイシャツの下に真っ赤なTシャツを着込み、いかにも目立ちたがり屋といった感じの男子が、クラスの輪の中心となってクラスメイトとふざけ合っている。
「ああ、あいつね。……あいつ野球部なの？　坊主じゃないじゃん」
「弘人くんだけは例外なんだってさ。坊主を断固拒否して、それでも実力で野球部に入ったっていういわく付きなの。何でも相当うまいらしいよ」
野球部のイメージからは到底はずれた彼を、私は自信過剰な男だな、としか最初は思わなかった。
「ふーん。で、なんで紗季は私とあいつの仲を取り持とうとしてるわけ？」
なんだか面倒くさい事に巻き込まれる気がして、私は怪訝に彼女を見やった。
「だって、２人は絶対相性良いと思うんだ！」
「なにそれ、根拠は？」
「ない！　勘！　でも信じて！」
これまた変な子と友達になったな、と私は思った。
私はやれやれと首を振り、そしてもう一度彼の方を振り返ってみる。
歯並びのいい大きな口を、頬まで裂けそうなくらい開いて笑っている。
その時、ふいに初めて彼と目が合った。
彼のくりっとした大きな瞳が、真っすぐに私を見つめ返している。
私は慌てて目を逸《そ》らし、前を向き直した。
あの時感じた感情は今でも鮮明に覚えている。
“私は彼と付き合うかもしれない”
なぜだかわからないけれど、その時私はそう思ったのだ。
これでは紗季の根拠のない勘とまるで変わらないのだけれど、あれは直感というものだったのだと思う。
それから野球部のマネージャーとなった紗季と弘人が仲良くなるにつれ、自然と私と弘人も会話を交わすようになり、私たちは出会ってたったの４ヶ月後には紗季の勘通り、恋人同士となったのだ。

学校と私の家を結ぶ川沿いにある土手で、私と紗季は待ち合わせをしていた。
彼女から学校が終わったと連絡がきて、私は自転車でここまでやって来た。
連日雨だったにもかかわらず、幸い今日は快晴のお天気で、私は自転車を停め、土手に登って近所の小学生達が川のほとりで石投げをするのを眺めていた。

「花音！」
そう名前を呼ばれて振り返ると、制服姿の紗季が手を振って近寄ってくるのが見えた。
私は手を振り返し、自然と笑みがこぼれていることにも気がついた。
「久しぶりー！」
「本当久しぶり！　花音元気だった？」
彼女は再会の興奮で一瞬弘人の事を忘れていたようで、それを思い出すと少し気まずそうに眉をひそめた。
「うん、元気だよ」
その様子に気づいていたが、私は笑ってそう答えた。
その反応に紗季もほっとしたように口元を緩め、「ここ、座っちゃおうか」と土手のベンチに腰を下ろした。
さっきの小学生達はまだ川の下でワイワイ騒いでいる。
少し傾きかけた太陽が、まだ西の空で頑張っていた。
「みんな元気？」

私は久しぶりに紗季の顔をじっくりと眺めながら、そう尋ねた。
「あ、うん。元気だよ！　みんな進路と、7月の期末テストでヒーヒー言ってるけどね！」
紗季はカールした長いまつげをパチパチさせながら、最近の近況を張り切って私に話してくれた。
最近席替えをして最悪な席になってしまった事、進路をまだ決めかねている事、塾の先生がイケメンで恋している事。
会うまであんなに憂鬱に思っていた気持ちが嘘のように、私は紗季の話にゲラゲラ笑いながら聞き入っていた。
「それで花音は最近どうなの？」
ふいに私の事を聞かれて、私は思わず口を閉ざした。
紗季は黙って私を見つめている。
弘人が別れたいと思っていた事や、唯のこと、真理子さんの事が頭に浮かんだけれど、「特に、なにもないかな」と私は答えた。
「そっか。……花音はもう学校来ないの？」
多分、紗季はその事を聞きにきたのだろうと会う前から予想はしていた。
弘人が亡くなってから、同時に学校に姿を現さなくなった私の事をみんな噂《うわさ》にしているのだろう。
私たちは高校1年の時からずっと付き合ってきた公認のカップルだったし、彼は目立つ存在の人だったから、彼が白血病になったことも、あっという間に学年中に広がっていた。
きっと今私が高校に戻れば、好奇の目にさらされるに違いない。
哀れむ人もいれば、悲劇のヒロインを演じていると思ってウンザリしている人もいるかもしれない。
元々自分自身に何か夢があったわけでもない。
私の夢はいつだって弘人の夢があってのものだった。
そう思うと、今更学校に戻ったところで一体なんになるのだろうと思う。
私が答えられずに黙っていると、それを隣で見ていた紗季は静かに話し始めた。
「ほら、もうすぐうちの野球部、地方大会が始まるじゃない？　甲子園の」
それを聞いて、私は思わず顔を上げて紗季の方を見やった。
「弘人くんが亡くなってさ、やっぱりうちのチーム活気がなくなってたんだよね。みんな弘人くんが戻ってくるって信じてたし。弘人くんはチームのエースだったからさ」
私や、弘人の家族だけじゃない。
弘人の友達も、野球部のみんなも、彼が必ず回復して戻ってくると信じていたのだ。
彼はいつもバカがつくほど元気でお調子者で、その彼が病気なんかに負けるはずがないと誰もが信じて疑わなかった。
彼が亡くなって悲しんでいるのは決して私だけではないのだ。

「そしたらさ、加藤《かとう》がね。このままじゃ弘人が悲しむだろうって」
加藤とは隣のクラスで、弘人と同じく野球部の男の子だった。
彼も弘人同様にとても将来を期待されているピッチャーで、弘人のよきライバルであり、切磋琢磨《せっさたくま》して共に戦うダブルエース的存在だった。
「だから今年は弘人のためにも、絶対甲子園に行こうって。みんなであいつの夢を叶《かな》えてやろうぜ！って、今みんなすごいやる気出して頑張ってるの。本当すごいんだよ。今まで見た事ないくらいのチームワークでさ」
１年の頃からずっと野球部のマネージャーとして一緒に頑張ってきた紗季が言うのだから間違いないのだろう。
彼らは今、弘人のために甲子園出場に向けて日々努力し、前に進みだそうとしている。
それに比べて私は、今でも現実を受け止める事さえできずにいるのだ。
「……それでね、もしうちの高校が地方大会に勝ち残って甲子園に出場できる事になったらさ、……花音、花音も学校に戻ってきてくれないかなぁ？　みんな花音に学校に戻ってきてほしいって願ってる。弘人くんの夢を叶えて、そしたら花音にも戻ってきてほしいって」
胸の奥で大きな何かがはじけるような感覚があった。
「戻ってきてよ。みんな待ってるよ」

紗季の目には溢れ落ちそうなほどの涙が浮かんでいた。
私は呆然とそれを眺めている。
なんと答えればいいのかわからなかった。
みんなが前に進んでいるのに、私だけがいつまでも動けないまま。
けれど本当は気づいていた。
動けないのではなく、動かないのだ。
私は自らの意思の中で、前に進みだす事を拒絶している。
彼の死を避けるように、見ないように、そうする事によって何とか私は今立つ事ができている。
きっと学校に戻るという事は、私にとって彼の死を受け入れ、前に進みだす事を意味しているのだ。
今の私には到底できそうもない。

紗季と別れて、私は川沿いの道をひたすら自転車を押して家に向かって歩いている。
チェーンの回る音を聞きながら、一歩一歩踏みしめる足が砂をつめたように重く感じた。
「花音！」
ふいに誰かに呼ばれた気がして振り返ったが、後ろには誰もいなかった。
私は思わず立ち止まり、ゆったりと流れる川に目を向けた。
川のせせらぎが、色んなものを遠くから運んでくる。

それは過去の記憶だったり、そこから生まれた幻覚や、幻聴のようなものだ。
私は今、今という現実と、過去の記憶と、夢の見せる幻の中で生きているように思えた。
二度と戻れない過去は、今では夢となんら変わらない。
弘人は、彼は本当にいたのだろうか。
本当は全て夢の見せた幸せな幻だったのではないだろうか。
私は川の流れを感じながら、そこで静かに目を閉じた。

「花音！」
弘人の声がする。
「ちょっと何してんのさー！」
土手の上から私は弘人に向かって叫んでいた。
「花音も来いよ！　冷たくて気持ちいいぜ！」
突然自転車を止め、１人走り出したと思ったら彼は制服のズボンを膝までたくし上げ、12月末の突き刺すような冷たさの川の中へと入っていたのだ。
完全にイカレている。
けれど彼は寒さなどものともしない様子で手で水をすくい上げ、そこら中にまき散らしている。
「やめなよー！　風邪引くってば！」
私は恥ずかしくなって辺りを見回してみたけれど、幸い近くに人は通っていなかった。

「花音も早く下りてこいってば！」
私は仕方なく土手を下りていき、川のほとりからもう一度弘人に叫んだ。
「いいから早く出てよー！　恥ずかしい！」
私は人目を気にしながら、彼に向かって手を伸ばした。
「なんだよ、お前こういうのがしたかったんじゃないのか？」
彼の言ってる意味がさっぱりわからず、私は唖然《あぜん》と立ち尽くす。
「はあ？」
「少女漫画に出てくるようなロマンチックなデートがしたいって散々言ってたじゃんか！」
「これのどこがロマンチックなのよー！　ただの不審者じゃん！」
ついに怒りだす私を、彼はケラケラ子供のように笑っている。
「ねえ、もう帰ろうよ！」
私はサブバッグの中にタオル地のハンカチがあった事を思い出して、肩にかけていたバッグの中をまさぐってみる。
その時、急に水が飛んできて、私は思わず悲鳴をあげた。
いたずらっ子のような顔でこちらの反応を見てまた面白そうに笑う彼。
「もう！　バカ！　最低！」
ついに怒り心頭に発した私は、濡れたスカートをパタパタと風にさらして乾かしながら、弘人を残して土手を上っていく。
彼は再び私の名前を呼んでいるが、今度は無視してどんどん土手を上っていった。

「白血病なんだ!」

意味がわからずに私は思わず振り返った。
「……何言ってんの?」
さっきからわけのわからない行動ばかり繰り返す彼に苛立《いらだ》ちを覚えながら私は聞き返した。
「白血病なんだ、俺」
「嘘やめてよ」
ついさっきまでケラケラ笑っていた表情とは裏腹に、彼は川の真ん中で真面目な顔をして私の事を見つめていた。
「本当だよ。今日家に帰ったらすぐ入院」
「……は……?　なにそれ?」
思わず引きつった笑いを漏らす私に、
「最近ずっと右手の関節痛いって話してたろ?　それで病院行ってきたんだ。そしたら他にも色々調べられてさ、最終的に昨日そう言われた」
彼は淡々とした口調でそう語った。
頭の中が混乱して、一体何が現実なのかわからなくなる。
確かに1ヶ月くらい前から、彼は右手の関節痛に悩んでいた。
それから度重なる発熱もあった。
私は野球のやり過ぎと、季節の変わり目による体調不良だと思っていたけれど、念のため病院に行くように勧めたのだ。
まさかそんなに重い病にかかっていたなんて夢にも思わなかった。

彼が川から出てくるのを私はぼんやりと眺めている。
彼が近づいてきて、私が手に持っていたハンカチを奪い取ると、軽く体をふき、それから自転車のかごにそのハンカチを投げ入れた。
「乗れよ」
彼は目も合わさず、自転車にまたがり私がいつものように後ろに乗るのを待っている。
「乗れよって……」
「いいから乗れって」
私は少ない知識の中から少し前に白血病を題材とした映画やドラマを観《み》た時の事を思い出していた。
彼らは決まって、過酷な闘病生活の末、命を落としていった。
急に恐ろしくなって、私は体が震えだすのを感じた。
「そんなのできるわけないじゃん！　何してんの!?　なんで昨日すぐ入院しなかったの!?」

私は彼を責めるように叫んだ。
「別に昨日したって今日したって１日ぐらい変わらないだろ」
「変わるよ！　それにわかんないけど、こんな風に体力消耗するのもよくないんじゃないの!?」
みるみる視界がぼやけていく。
あっという間にいっぱいになった涙は、途端に溢れ出し、次々に芝生の上に落ちていった。
彼は黙っている。
「なんで……、なんで弘人なの？」
そんな事一番知りたいのは彼であるはずなのに、私はついに体中の力を失ってその場にしゃがみ込んだ。
すると弘人は一度自転車から降りてきて、私の前まで来ると静かに私の頭に手を置いた。
「……大丈夫だ。俺は死なないから」
私はすすり泣きながら、弘人の顔を見上げた。
彼は涙も見せず、すでに覚悟を決めているような顔で私を見下ろしていた。
私は彼が死ぬという事がどういう事なのか見当もつかなかった。
彼はいつも元気で、風邪も滅多に引かず、弱っているところなど今まで一度だって見た事がない。
きっと彼なら大丈夫だ。彼はそんなものに負けるような人じゃない。

「当たり前じゃん……」
私は声を振り絞って言った。
「……でもさ、しばらくはこうやってお前を自転車の後ろに乗っけてやることもできなくなるかもしんねえし」
彼はそこで声を詰まらせ、それからしばらく黙って何かを考えている様子だったけれど、
「俺頑張ってくるからさ、……その前にもう１回俺の後ろに乗ってくんね？」
彼の大きな口が微《かす》かに震えていることに私は気がついていたけれど、見ない振りをして静かに立ち上がった。
彼だって本当はそんなに強い人間ではない。
彼はまだたった17年しか生きていないのだ。
彼を待ち受けていた現実はあまりにも過酷であり、これから一体どんな痛みや苦しみが待っているのかさえ見当もついていない。
“頑張って”や、“一緒に頑張ろう”なんて言葉はかけられなかった。
それらの言葉は全て、あまりにも他人事に思えた。
私は涙を拭い、彼の手を握りしめた。
彼の手は、今日も私の手よりずっと温かく、それが頼もしく思えた。

「私より先に死んだら殺す」
「……またそれかよ」

彼はふっと笑いを漏らした。
「約束して」
「何を？」
私は再び溢れ出しそうになる涙をかろうじて塞《せ》き止め、
「絶対にまた私を後ろに乗っけてこの道を自転車で走るって」
そういって小指を立てて差し出した。
彼は黙り込み、差し出された小指をじっと見つめている。
それから一度、川の流れを眺め、空の色を確かめ、風の声に耳を澄ませてから、右手の平全部を使って、私の小指を包み込んだ。
「あったりめーだろ？　その代わり、お前もそれまで誰かの後ろに乗るんじゃねーぞ！」
彼のいつもと変わらない笑顔がそこにあった。
それを見ると、私も自然と笑みがこぼれてきて“きっと全て上手《うま》くいく”そんな風に思わせてくれた。
それから私は彼の自転車の後ろに乗って、彼の大きな背中を眺めながら祈った。

“神様、どうか彼を助けてください。
決して負けませんように。
できる限り、苦しみませんように。
代われるものがあるなら全て私が請けおいます。
ですからどうか、どうか彼を……”

第4章

永遠の作り方

phrase 7

７月に入り、空に浮かぶ太陽がより一層近づいてきたような気がした。
つい先日、紗季からメールでうちの高校の野球部が、地方予選の第一試合を無事勝ち進んだと報告がきていた。
私はそれに対して返事を書かなかった。
彼らの思いは本当に素晴らしいと思うし、本当に感謝しているのだけれど、それが今の私にとってはプレッシャーにもなっていた。

件名：無題
最近マリコから連絡がこなくなったんだ。
俺はいつまでも叶わぬ恋をし続けることになるのかな。
もうそろそろうんざりしてきたよ、自分に。　　唯

唯とのメールのやり取りは相変わらず続いている。

件名：RE 無題
唯は彼女以外に誰か別の人を探そうとは考えた事はないのか？　どうしてそんなに彼女にこだわるんだよ。　　弘人

件名：どうしてって
そんなの俺が聞きてえよ。
自慢じゃねえけど、俺だって結構モテるんだぜ？
大学の女の子に今年に入ってから２人告白されてんだぜ？　唯

今日は約半年に一度、定期的に出版されるコミックスの発売日だった。
普段好んで読んでいたのはラブストーリーものの少女漫画ばかりだったけれど、そのコミックスは唯一私が読んでいる少年向けの冒険ものだ。
初めに読み出したきっかけは弘人と付き合い始めた頃、彼が絶対に面白いから！と強引に薦めてきたからだった。
初めは仕方なく、無理矢理読み始めたのだが、最終的には彼より私の方がはまっていた。
そのコミックスの関連グッズを集めるまでになった私を見て、彼はだから言ったろ？と得意げに鼻を鳴らしていた。
いつもこのストーリーの最終話を巡って２人でいろんな憶測を立てては、ああでもない、こうでもないと言い合い、時には喧嘩になった事もあった。
けれど結局、彼はこの冒険物語のラストを知る事もできずに旅立ってしまったのだ。
彼が亡くなる前の12月、このコミックスの新刊が発売になり、当時入院したばかりだった彼にお土産として持っていったのがつい昨日の事のように感じられる。

「わっ、やべ！　今日発売日だったんだ！」
弘人に内緒で購入してきたコミックスを一目見て、彼は子供のように目を輝かせた。
「お土産。少しは暇つぶしになるでしょ」
それを彼に手渡し、脇の丸イスに腰かけた。
「まじサンキュー！　やっぱ花音は本当に気が利くよ」
彼は待ちきれず最初の１ページをぱらりと捲《めく》って目を通している。
「嘘、今までそんな事言った事ないくせに」
「うははは、でもまじ嬉しいよ」
そんな彼を横目に、私はキョロキョロと辺りを見回した。
「あれ？　お母さんは？」
「さっきまで来てたよ。先生と何か話してたみたい」
「へえ、そうなんだ」
すると弘人は一度コミックスを閉じ、少しだけ緊張したような面持ちで俯いたまま話し始めた。
「……それで、明日から抗がん剤治療が始まるらしくてさ」
入院して間もないとはいえ、入院する前と変わらず元気なままだった彼を見て、彼の病を少しだけ軽く思っていた自分に気がついた。
こんなに元気なのだからすぐ元通りになるに違いない。

けれど彼の口から何度か耳にした事のある治療法の話を聞いた時、私は改めて彼の病の重さを思い知った。
「今日腰にな、こんなぶっとい針刺されたんだ。なんつったっけな？　マルク？とかいう検査らしいんだけど」
彼は指で針の太さを表しながら説明してくれた。
「わ……痛そう」
私は思わず眉間にしわを寄せた。
「麻酔したけど、やっぱ骨だから痛えよ。抗がん剤もまだどんなもんかわかんないけど、人によって副作用の出方も重さも変わってくるらしいから、まだ何とも言えないし」
「そっか……。で、でもそれやったら治るんだもんね！」
そう励まそうとする私を彼はふいに見つめ、それからキュッと口角を上げて微笑むと、
「当たり前だろ？　じゃなきゃやらねえよ！　花音は何も心配すんな。1ヶ月もかからず退院してやるよ！」
彼の力強い言葉はいつも真っすぐで嘘がなく、私は彼の言葉をいつも信じていた。
だからきっと今回も彼はやり遂げてくれる。
そう思っていた。

大人気のこのコミックスは発売日になればわざわざ本屋にまで足を運ばなくとも、どこのコンビニでも買えるようになっている。

私は家から一番近い駅前のコンビニまで自転車を走らせていた。
コンビニの前に自転車を停め、中に入ると発売日なだけあって大量に仕入れられたコミックスを一つ持ちレジに並ぶ。
一刻も早く家に帰って読みたい気持ちを抑えながら会計を済ませ、停めていた自転車の鍵を開けようとしていた時だった。
ふいに目の前を見覚えのある顔が通り過ぎようとしていた。
その人は私の後からコンビニを出てきたようだったけれど、こちらに気がついて振り返る。
私たちはしばらく互いの存在を確かめるように見つめ合っていた。
「……花音ちゃんだよね？」
その人は私にそう話しかけていた。
やっぱりそうだ、と思った。
「……唯くん？」
この間彼がうちのケーキ屋にやって来た時と服装が違っていたせいか一瞬迷ったけれど、やはり彼は唯だった。
「ああ、やっぱり！」
唯はとても驚いたような顔で私を見やっている。
とはいえ多分、私の方が百倍くらいびっくりした顔をしていたと思う。
「よ、よく私だってわかりましたね？」
「ああ、弘人からあのケーキ屋があいつの彼女の店だって聞いてさ。あの時は驚いたよ。でもまた会えるなんて」
その時初めて私は唯の笑顔を見た。
眼鏡越しに目尻が下がり、とても優しい顔になる唯の笑顔は弘人とは全然違っていた。
「本当ですね。本当に偶然」
「ねえ、もし時間あるなら少し話でもしない？」
そう持ちかけてきたのは唯の方だった。
まさかこうして直接彼と話をする事になるなんて思っても見なかったけれど、私は買ったばかりのコミックスの事もすっかり忘れたまま、思わず頷いていた。

私たちは駅前のファミリーレストランに入った。
特にお腹もすいていなかった２人はドリンクバーのみ注文し、唯は私の分のウーロン茶と、自分用のコーヒーを注《つ》いで席に戻ってきた。
「はい、ウーロン茶」
「ありがとうございます」
私はそれを受け取りながら、ちらりと彼を見やった。
彼のたたずまいはとても落ち着いて見えて、メールでの彼とは少しギャップを感じる。
「弘人、元気？」
彼は席に着くなり、そう尋ねてきた。
無理もない。彼がメールをしていると思っている相手は私ではなく弘人なのだ。

「……はい、元気です」
そう答えながら彼の中でまだ彼は生きているのだな、と改めて思うと不思議な気持ちになった。
本当にそうであったらどんなに幸せだろうとも考えてしまう。
「そっか。安心したよ。いつもメールはしてるんだけどさ、あいつ自分の容態については何も言ってこないし、俺もやっぱ聞きにくくてさ」
「そうですよね」
彼は一口コーヒーをすすり、少し熱すぎたのか一瞬顔をしかめてから、
「花音ちゃんは毎日見舞いに言ってるんだろ？　本当いい彼女だよ」
と感心するように深く頷いてみせる。
「……そんな事ないです」
「いや、そんな事あるよ。本当さ、俺の分もよろしく頼むな」
嘘をつかれているとも知らず、私を信頼しきった様子の彼に胸が締め付けられるようだった。
罪悪感に苛《さいな》まれ、私はどうにか弘人の話題からそらそうと考えた。
「そういえば、今日はどうしてここにいたんですか？　確か永山の方に住んでるって弘人が」
かまととぶっている自分に再び嫌悪を覚えたが、ぎりっと

奥歯をかんでやり過ごした。
「ああ、そうなんだけど、今日はちょっと人に逢いに来たんだ。結局逢えなかったけどね」
彼はふいに視線をそらし、何か隠そうとする素振りを見せたけれど、唯がわざわざ桜ヶ丘に逢いに来る人なんてたった1人しかいなかった。
「真理子さんですか？」
思わず口にしてから、しまった！と思ったけれどもう遅かった。
「なんだ、弘人そんなことまで花音ちゃんに話してるのかよ」
一瞬驚いたように目を開き、それから不満そうにも、それでいて少し照れ臭そうにも見える唯の表情は困ったように歪《ゆが》んだ。
「……ええ、まあ。でも、こないだのケーキも真理子さんが注文しにきたんですよ」
「そういやそうだよな。何かほとんど初対面だっていうのに何でも知られてるから驚くよ。まあ、実を言うとそうなんだ。最近ぱったり連絡が来なくなってさ、気になってここまで来てみたものの、結局怖《お》じ気《け》づいて引き返してきたところだんだけど」
唯はコーヒーカップを持ったまま、大きなため息をついた。
「どうしてですか？」
「う〜ん。やっぱ俺から逢いにいくべきじゃない気がして」

「婚約されてるからですか？」
そのつもりはなかったけれど、つい質問攻めになってしまう。
「まあ、それもあるけど。マリコが望んでないのに俺が勝手に行動する事って要は俺の自己満だろ？　そういうのはやっぱ違うかなって思ったんだよ」
煮え切らない唯の態度に、私はついに喉の奥でつかえていた言葉を吐き出してしまった。
「でも……、真理子さんは本当に婚約してるわけじゃないじゃないですか……」
それを聞いた唯は再び驚いたように目をぱちくりさせてコーヒーを飲む手を止めた。
「え、どうして知ってるの？　俺、その事は弘人にも黙ってたはずなんだけど」
唯から聞いたマリコさんの話と、真理子さんから直接聞いた彼女の話が頭の中でこんがらがっていた事に私はその時気がついた。
きっとこのまま話していれば、私は再び地雷を踏むだろうと悩んだあげく、私は彼女との関係を唯に打ち明ける事に決めた。
「……すみません。黙っていたんですけど実は私、真理子さんと知り合いっていうかなんていうか。それでちょっと聞いたんです」
私はついに白状して唯に真理子さんとの関係を話した。

「そうだったの？　これまた驚いたな。本当に世間は狭いよ。でもマリコがその事話すなんて、よっぽど気に入られた？」
もっと嫌な顔をされるかと思っていたけれど、唯は一切そんな素振りを見せなかった。
「いや、そうゆうわけじゃないと思うんですけど……」
実際真理子さんとは、この間私がカフェに行った時以来会っていなかったし、お互いに客と店員という関係以上でもなければ、以下でもない。
けれどその程よい距離感と、人の生死を間近に感じているという面で言えば、似た状況にいるせいか、私たちは身近な人にも話さないような事をお互いに打ち明け合っていたのだと思う。
真理子さんの事情を知った時、部外者とはいえ彼女には幸せになってもらいたいと思った。
自分の身に起きた不幸のせいで、他人にまで同じ不幸を願ってしまうような愚かな人間にはなりたくなかった。
そしてそう思える心の余裕が残っていた自分に少しほっとしていた。
「余計なおせっかいかもしれないですけど、私は唯さんに諦めてほしくないんです」
「どういうこと？」
今でも、先生と奥さん、それから真理子さんと唯、それぞれが幸せになるためには唯が真理子さんと付き合う事が何よりもいい方法だと思っていた。
そうなれば誰１人ひとりぼっちになることもなく、一方通行だった思いが報われるはずなのだ。
「みんなが幸せになるためには、唯くんが真理子さんを攫《さら》ってくれる他に方法がないと思うんです」
私は強い口調で言った。
唯はそれを聞いてしばらく黙っていたけれど、残りのコーヒーを飲み干し、空のカップをテーブルに戻すとそのまま俯いてしまった。
「唯くんはこのままでいいですか？」
「……俺さ、弘人にはメールであいつを攫いたいとかカッコイイ事言ったけど、実際はそんな事できねえんだ」
さっきまでとは打って変わって頼りなさげに呟く彼は、私が知っている唯に少し近づいたような感じがした。
「どうして？　真理子さんだって一度は唯くんを受け入れた事があるんですよね？　それなら可能性は０じゃないじゃないですか？」
つい言葉に力が入りすぎたかな、と反省しつつ唯の顔色を伺ってみる。
「……俺、マリコに拒絶されるのが怖いんだ。だからいつも最後の一歩を踏み切れない。いつもそうなんだ」
彼がどんどん小さくなっていくように見えた。
「でもそれじゃ、いつまで経ったって答えなんて出ないですよ……」

「わかってる。でもさ、ずっとこうして待っていると、マリコはたまに頼ってきてくれる。俺それを期待してるんだ、いつまでも。本当女々しいだろ？　男なら強引に奪い取れって心では思っても、結局頭と体がついていかない。余計な事ばっかり考えちゃってさ」
そう言って肩をすくめる唯が、私には理解できなかった。
好きなら好きともっとはっきり伝えてほしい。
思っているだけでは何も伝わらない。
いなくなってからでは本当にもう何も伝える事ができない。
本心を聞く事だって二度とできない。
弘人を失ってから私が痛感していた事だ。
「でも、万が一旦那さんの奥さんが亡くなったらどうするつもりなんですか？　真理子さんはきっともう唯くんの前から本当にいなくなっちゃいますよ」
すると唯は眼鏡を一度外し、目をこすってからもう一度かけ直して私の事をじっと見やった。
「うん、わかってるよ。だから俺の願いは一つだけ。彼の奥さんが１日でも長く生き長らえますようにってさ。本当不純な動機だけど、そう思わずにはいられないよ」
彼はそう言って切ない笑みを浮かべた。
真理子さんは奥さんに早く死んでほしいと願っていた。
そして唯は１日でも長く生きてほしいと願っている。
不純な思いだとわかっていながら、それでも願わずにはいられない。

澤本先生は、そして眠り続ける当の本人である奥さんは、それを聞いてどう思うのだろうか。
そう思ったら心が張り裂けそうだった。
私はまだ一口も口をつけていなかったウーロン茶を一気に飲み干し、乱暴に机の上にグラスを置いた。
「……今から行きましょうよ」
「どこに？」
「真理子さんのカフェです」
「え……花音ちゃんと？」
唯は面食らった様子で、目をしばたかせた。
「だって１人じゃ怖じ気づいて行けないって言ってたじゃないですか」
「そりゃそうだけどさ……」
唯が戸惑っているのはわかっていたけれど、私は勢いよく立ち上がった。
「行きましょ！」
「ちょ、まじで？」
「まじです。一緒なら怖くないですよ」
私は笑顔を顔面に貼り付けて、強引に彼の腕を引っ張り上げた。
「わ、わかったよ！　弘人のやつすげえ彼女と付き合ってんな」
ついに観念した唯は、苦笑しながらそう呟いた。
唯が２人分の会計を済ませてくれた後、私は停めていた自転車を取りに駐輪場へ歩いていく。
「ああ、そっか。花音ちゃんの自転車だったんだな」
後ろでその光景を見ていた唯はそう呟くと、
「花音ちゃん後ろ乗って、俺が乗せていこうか？」
と提案した。
ふいに脳裏に浮かんだのは、彼が白血病を告白した日の事だった。

“約束して”
“絶対にまた私を後ろに乗っけてこの道を自転車で走るって”
“あったりめーだろ？　その代わり、お前もそれまで誰かの後ろに乗るんじゃねーぞ！”

もちろんあの後、弘人が私を自転車の後ろに乗せてくれる事はなかった。
守られなかった約束は、遠い過去の思い出となり、今でも私の胸の奥に消えないしこりを残したままだ。
その時、私は自分が動揺している事に気がついていた。
彼が亡くなったと同時に、消滅したはずの約束を私はまだ守り続けようとしている。
黙り込む私を見て、唯は別の事を察したようだった。
「ああでも、さすがにそんな事したら弘人がヤキモチやいちゃうよな。ごめんごめん、俺が考えなしだったな」

彼の配慮に、私は内心ほっとしていた。
「なんか、すみません……」
私は目を合わせられずに自転車のスタンドを跳ね上げた。
「あ、俺が押すよ。それくらいしても大丈夫だろ？」
唯は私に代わり、自転車のハンドルを掴むとゆっくりと押し始めた。
「ねえ一つ聞いてもいいかな？」
カフェまでの道のりを自転車を押して歩きながら、唯が急に尋ねてくる。
「なんですか？」
「花音ちゃんは、弘人のどこが好きなの？」
この仕返しに少しからかってやろう、とでもいうような含み笑いを浮かべて唯は言った。
その時、思わず眉間にしわが寄った事に自分でもわかった。
なぜなら今まで誰にもそんな質問をされた事がなかったのだ。
もちろん彼自身からも、「俺のどこが好き？」なんていう質問を投げかけられた事はなかったし、私にとって彼は初恋の相手だったから、歴代の彼氏と比べて考える事もできなかった。
けれど一つ言える事がある。私は初めて彼と目が合った瞬間のトキメキを今でも覚えている。
電流が体中を駆け巡るとか、そんな大げさものではなかったけれど、あの瞬間、私は確かに自分が彼と付き合うかもしれない、と悟ったのだ。
理由など何もなかった。
なぜなら彼は私が好きなタイプの外見でもなかったし、少女漫画に出てくるような紳士的な男性像からも大幅にズレていた。
彼と付き合っている間も、私はいつも彼の事を待っているばかりだったし、彼が入院してからはいつも私が逢いにいくばかりだったからだ。
もしかしたら私は、自分の考える好みの男性とは真逆の位置に君臨する相手を選んでしまったのかもしれないと思う。
それでも、それらを全て正当化できる言葉があるとするならば、それは“運命だった”としか言いようがなかった。
けれど私はその言葉を口にする事ができなかった。
それを口に出すのはやはり恥ずかしくも思えたし、なにより弘人の方がそれを感じていなかった可能性があったからだ。
彼が唯に別れの相談をしていた事を知ってしまった以上、私が口にするにはあまりにも図々しい言葉に思えた。
「……どこなんですかね？　考えた事もなかったです」
私はごまかすようにそう答えた。
唯は横目でちらりと私の様子を窺うと、
「多分それが運命の相手ってやつなんじゃないの？」
と唯は言った。
まるで心を見透かされているような気がして、私は思わず唯を見つめた。
「相手のどこが好きかって事を全部把握しているやつがいたとしたら、俺はそれを本当の恋だとは思わない。大抵そういうのを答えられるやつって自分にとって相手がどれだけ有益かって事しか考えてないと思うんだ。外見なら相手をアクセサリーとしか思ってないかもしれないし、尊敬なら経済面での安定を求めてるだけかもしれないし、優しさなら精神面での安定剤としかされてないかもしれない。考え過ぎかもしれないけど、俺はそう思うんだ」
「じゃあ運命の相手はなんなんですか？」
私は自分の中にくすぶっている答えを求めるように彼に質問した。
「運命の相手っていうのはさ、それだけで理由なんてものは要らないんだよ。相手が自分にとって有益であろうとも、無益であろうとも、愛してしまうって事。……ただ自分にとっての運命の相手が、相手にとってもそうとは限らないけどね」
その言葉で私にとって運命の相手だった弘人が、彼にとってはそうじゃなかったのだと確信づけられたような気がした。
「……それって辛いですね」
私は俯き、唇を噛み締めた。
「どうして？」
「運命なんてお互いが感じ合わなきゃ意味ないですよ」

投げ捨てるように言葉を吐いた私を、唯は静かに見つめ、
「そんな風に思える人に出会えたってだけで、俺は幸せなんだと思うよ」
と言い加えた。
「唯くんは自分が相手にも愛されたいとは思わない？」
彼の考える恋愛観はあまりにも自己犠牲になりすぎているようにも思った。
もっと強引に自分勝手に相手を振り回すような恋愛も時には必要なんじゃないのだろうか。もちろん相手を愛していればこその話だけれど。
私が弘人を想うように、唯もまた真理子さんの事を想い、自分に言い聞かせながら口にしているのだと聞かなくともわかる。
「もちろん思うよ。でも強引に俺が彼女を奪ったところで、そこに本物の愛が生まれるとは思えなくて。だから彼女から求められるのを待つしかないんだ。でもこれは、強引さに欠ける俺の言い訳かもね。……だからさ、今こうして花音ちゃんに付き添われて彼女に逢いにいこうとしてる自分もたまには悪くないかな、なんてね」
彼は先に見えてきた川を見つめながら静かに微笑んだ。
彼が真理子さんを考えている時の笑顔には切なさが混ざっている。
きっとそんな彼を救えるのは、やはり真理子さん以外にいないのだと思った。

うちのケーキ屋の前にさしかかると、唯はふいに一度足を止めた。
「そっか。だからパティスリー・カノンっていうんだ」
彼は今更ながら、私の名前と店名を照らし合わせて納得したように頷いた。
「ご察しの通りです」
私は人生の中で幾度となく繰り返されてきたこの情景にうんざりと答える。
「なに、嫌なの？」
私の態度に気づき、唯は首をかしげた。
「嫌ですよ。なんか自分の名前を宣伝してるみたいじゃないですか」
「いいじゃん。みんなに覚えてもらえる」
「そんなに覚えてもらわなくていいですよ。大切な人だけで」
唯は再び歩き出し、私は少し後ろを並んで歩いた。
カフェに近づいてきたせいか、唯の口数は途端に減っていた。
静かな昼下がりの川沿いに、自転車のチェーンが回る音と、唯の履いたスニーカーがアスファルトを蹴る足音、川の穏やかなせせらぎが聞こえてくる。遠くで学校のチャイムが鳴っていた。
私は唯にバレないようにそっと目を閉じた。
こうして目を瞑《つむ》ってみると、私は今弘人と歩いているような気になれた。

それはなんだかとても懐かしい感覚だった。

私は期待を込めて目を開く。

唯のウェーブがかった髪が風にふわりと舞い上がるのが目に映った。

……弘人じゃない。

あの時の彼は……。

phrase 2

弘人の抗がん剤治療が開始された日、私は病院を訪れ、彼を見た瞬間目を見開いた。
「おっ来たか」
その反応を見て、弘人はニヤニヤと不敵な笑みを浮かべている。
その時私が見たものは、ベッドの上で綺麗さっぱり坊主頭に変貌を遂げた彼の姿だった。
「どう、結構似合うだろ？」
今まで野球部でも頑《かたく》なに坊主を拒否し続けてきた彼を知っていたせいか、私は驚きを隠せなかった。
一瞬抗がん剤の副作用かとも思ったが、それにしては早すぎる。
「ど、どうしたの？」
私は思わずそう尋ねてしまった。
「いやさ、抗がん剤打ち始めると髪が抜けるって聞いたからさ。なら最初っからないほうが潔いだろ？」
彼はまだ慣れない頭を撫《な》で付けながら、それでもすっきりとした顔で笑っていた。
「……めっちゃ似合う」
それは弘人に対して遠慮したとか、配慮したとか、そういうのではなく本心から出た言葉だった。
「だろ？　俺もそう思う。こんな事ならもっと早く坊主にしときゃよかったよ。でもそしたらモテすぎたな」
いつもと変わらない様子でふざけて笑いだす彼の鎖骨下には、昨日はなかったカテーテルが痛々しく刺さっている。
私の視線は頭から、そっちに釘付けになっていた。
「今日から抗がん剤治療始まったからさ、白血球が少なくなったら無菌室行ったり来たりするみたいだけど、あんま心配するなよな」
私の様子を見ていたのか、彼はまるで私の心配を先回りするようにそう話した。
「まだなんともない？　副作用とか」
「うん、全然何も変わらないぜ？」
彼はガッツポーズを見せて、大げさにアピールする。
「なんかできる事あったら言ってね！」
こんな事しか言えない自分が歯がゆかった。
それでも彼は優しく私の頭をポンッと叩き、「おう、ありがとな」と私を見つめた。
その時病室の扉が開き、振り返ると今まで何度か会った事のある彼の母親が立っていた。
私は慌てて立ち上がり、「こんにちは」とあいさつをする。
「あら、花音ちゃん今日も来てくれたのね。弘人が飽きずにすむわ」
彼の母は彼とそっくりな笑みを浮かべて、なにやら弘人への差し入れの袋を彼に渡した。
「待ってました!!」
彼は受け取るや否や袋の中から新型のゲーム機と、野球ゲームのソフトを取り出して歓喜の叫びをあげた。
「これね、さっそく買わされたのよ？　治療頑張る代わりに買えって。本当しょうがない子でしょ？」
彼の母は困ったように笑っていたけれど、内心はもっと計り知れない思いを抱えていたはずに違いなかった。
「なあ花音、今ちょっとだけやってもいい？」
おやつを待ちきれない子供のような顔でねだる弘人に、
「どうぞご勝手に」と私はいつもの事のように肩をすくめた。
時々彼の精神年齢は小学生くらいなんじゃないかと思う時がある。
何をするにもマイペースで私はいつも振り回されてきたのだ。
それでもなぜか憎めない愛嬌を兼ね備えており、それが彼の魅力でもあった。だからこそ私は今でもこうして彼のそばを離れる事ができないのだ。
ヤッホー！と無邪気に喜んで早速彼はニューゲームに取りかかる。
その顔と言ったらこれまでにないほど真剣で、私は思わず苦笑した。
「もう弘人ったら、花音ちゃんがせっかく来てくれてるっていうのに」
彼の母は呆れた目で彼を見やった。
「本当にごめんなさいね、こんな子と付き合ってくれるの花音ちゃんだけだわ」
「いいんですよ、慣れてますから」
私は彼を眺めなら、この調子ならすぐ元気になるだろうと安心していた。
「そう……。ねえ花音ちゃんよかったら下のカフェで少しお話ししない？」
私は彼から彼の母に視線を移し、「もちろんです」と答えた。
１階のエントランスからすぐの病院内に小さなカフェが入っていた。
頻繁に開閉するエントランスの外からの冷たい風が入ってきていて少し肌寒く、私は何か温かいものを、と先に紅茶を頼み、それから彼の母も同じものを注文した。
席に座り、ティーパックがしみ出すの待ちながら、考えてみれば彼の母とこうして２人きりで話すのは初めてだなと思ってみる。
五十代前半の彼の母は、その年齢にしては身なりもきちんと気にしていて、無駄な贅肉もなくむしろほっそりとしていて、ティーカップを持つ手には青い血管が浮き上がっていた。
肩のところでぱっちりと切りそろえられた黒髪には、数本の白髪がキラキラと光っているけれど実年齢よりだいぶ若く見えた。
席についてしばらく彼の母から何か話し始めるのを待っていたけれど、いっこうに何も口にしてこない彼女に私は先陣を切って話しかけた。
「弘人、元気そうですね」
私はきわめて明るく振る舞った。
実際にそう思ったし、なにより彼女を少しでも安心させてあげたいと思ったのだ。
「あっええ、そうね」
彼女はふと我に返ったように、口角をきゅっと引き締めて微笑んだ。
「なんだかいつもと変わらないから拍子抜けしちゃいましたよ」
私はティーパックを何度かカップの上で上下させた後、それを別の皿に移し、飲む前にまず冷えた手をカップで温めた。
「まさかあの子がこんな事になるなんてね……」
彼女は相変わらず口角を上げているけれど、やはり強ばっているのは一目瞭然だった。
それを見ていると、目を背けていた現実の重さを目の当たりにするようで、さっきまで元気だった彼を見て安心していたはずの心が、途端に不安に飲み込まれそうになる。
「……大丈夫ですよ。弘人は」

根拠のない励ましは、あっという間に沈黙に溶けていった。
とても居心地のいい時間とは言えなかった。
私は彼女の様子を注意深く窺《うかが》いながら、ティーカップを口まで運んだ。
「……移植が必要なの」
「え？」
あまりにも小さな声で、私は思わず聞き返した。
「弘人が完治するためには骨髄移植が必要なの」
「骨髄移植……？」
私はカップを一度戻し、再び彼女の顔を見つめた。
「昨日先生から化学療法だけでは治る可能性が低いと言われたわ。弘人の場合進行がとても早いんですって。治ったとしても再発の可能性が極めて高いと。そのためにはHLA型の一致するドナーが必要で、弘人はとても珍しい型だったようで骨髄バンクに登録してもすぐにドナーが現れてくれるかどうか。兄弟がいれば25％の可能性で一致する可能性があるみたいなんだけど、弘人はひとりっ子でしょ？　私も夫も一致しなくて、もうあとは化学療法を繰り返してドナーが現れてくれるのを待つしかないのよ」
「でも、もしそのドナーが見つかれば弘人は治るんですか？」
難しい事はよくわからなかったけれど、私は無意識のうちにとにかく良い知らせばかりを耳に残した。
「その可能性は高くなると思う。でも急性リンパ性白血病の治療には致死量に近い抗がん剤が投与されるんですって。もちろんそれを繰り返していれば弘人の体力はどんどん低下していくわ」
「もし、その治療をやめたらどうなるんですか？」
訊くのが怖かった。
もし、まだ表面上元気に思える彼が治療をやめた場合どのくらいのリスクがあるのか。
彼を見ている限り、正直に言って急激に悪くなるようには思えなかった。
「もし今治療をやめた場合の弘人の余命は１ヶ月もつかどうか」
それは私の想像は遥《はる》かに上回る数字だった。
彼女のティーカップを持つ手がカタカタと小刻みに震えている。
頭の中が真っ白になり、何も言葉が出なかった。
そしてテーブルの下で膝に置いていた手が、彼女と同じように震えている事に気がついた。
――１ヶ月。
彼が今、あの鎖骨から入れられたカテーテルを抜き、病室を出て、今までと変わりなく学校に通い、大好きな野球をし、普通に家で過ごした場合、彼はたったの１ヶ月で死んでしまうというのだろうか。
あんなに元気だというのに、信じられなかった。
「それでね……、花音ちゃんにお願いがあるの……」

彼女はためらいがちに俯きながら、それでいてここに私を連れてきた本当の理由を打ち明けようとしていた。
「検査をうけてもらいたいのよ……。ドナーの」
そう言って顔を上げた時の彼女の目を今でも忘れられない。ぼろぼろと涙を流しながら、鬼気迫る眼差しで私を見つめ、それから思わず身を乗り出し慰めようと差し出した私の手を彼女は両手で強く握りしめた。
「お願い！　弘人を助けて……」
「もちろんです！　そんなのいくらだってやります！　弘人が元気になれる可能性が少しでもあるなら」
彼のために私にできる事があるのなら、何だってしようと思っていた。
体のどこを取ってもらっても構わない。
何もできずにただ苦しむ弘人をそばで見ているしかできないより、よっぽどましだった。
「……ありがとう」
彼女はテーブルに置いてあったナプキンで涙を拭い、少し落ち着くと、もう冷めてしまった紅茶を一口口にした。
「大丈夫です。きっと見つかりますから」
私の励ましにかろうじて頷いた彼女の心を、私はそれ以上救ってあげられる事はできなかった。
――私の血液は、彼の型とは一致しなかったのだ。

phrase 3

「花音ちゃん？」
私はハッとして我に返った。
「あ、ごめんなさい。ぼーっとしてた」
「大丈夫？　具合でも悪いの？」
さっきまで前を歩いていたはずの唯は、足を止めて心配そうに私の方を振り返っていた。
「いえ、全然！　大丈夫です」
私は記憶を振り切るように、唯の元へ笑顔で駆け寄っていった。
「そっか」
そして再び唯が前を向き直すと、すでにカフェの外観が見えていた。
「緊張してますか？」
私は唯の顔を覗き込んだ。
「……ちゃんと逢うのは結構久しぶりなんだ」
唯は緊張の色を隠せずに声をうわずらせている。
ついに入り口の前までやってきて、彼はすぐ近くに私の自転車を停める。
店のガラス窓からは中のテーブル席が見えていて、何人かのお客さんもいるようだったけれど真理子さんの姿はここからでは見えなかった。
「いいのかな、本当に」
土壇場になって再び怖じ気づく唯に、
「私がついてますよ」
と私は唯の緊張した背中をぽんっと叩いた。
唯は一度その場で大きく深呼吸し、「……よし」と覚悟を決めたように店の扉を押し開けた。
唯の後に次いで中に入ってみると、中には5名ほどのお客さんがいる他に真理子さんの姿は見えなかった。
「中にいるのかな？」
そう思い、私がカウンターの方を覗きにいこうとした時、カウンターの中から見知らぬ男の人が現れた。
「いらっしゃいませ、2名様でしょうか？」
彼は店員のような口ぶりで、私たちに尋ねる。
唯と私は思わず顔を見合わせた。
彼は真理子さんと同じように腰巻きのエプロンを巻いており、やはり店員で間違いなさそうだったが、この店は真理子さん1人で切り盛りしているはずだった。
私は疑問に思いながらもう一度その男の方を振り返り、「あの……真理子さんは？」と訊いてみる。
「ああ、今日彼女はお休みですよ」
「お休み？」
「あ、はい。僕は他店からの応援スタッフなんです。何でも身内に不幸があったとかで」

それを聞いた瞬間、まさか、と私は唯と目を合わせようとしたけれど、唯は呆然と立ち尽くし、それにすら気がつかなかった。
もちろん真理子さんにも親、はたまた祖父や祖母、血縁のある親戚は沢山いるに決まっている。
その中の誰かかもしれない。
誰かの不幸を願うような事はしたくなかったけれど、私はなにより唯の幸せを願ってしまった。
「唯……？」
「あ、ごめん。……帰ろうか」
力なく漏れた唯の言葉は絶望に満ちていて、私には返す言葉が見つからなかった。
カフェを後にし、彼は私の家の前まで自転車を運んでくれた。
その間、彼は一言も口を開く事はなく、私も何も話しかけなかった。
「今日はありがとう」
とても落ち着いた声で唯は言った。
「私、何も……」
「ううん。すごく助かったよ。俺１人じゃ何もできなかった」
そしてしばらく考えるように俯いたあと、唯は真っすぐに私を見つめて、

「……初めてマリコと逢った時、あいつ泣いてたんだ」
と言った。
「真理子さんが？」
「うん。あの日学校帰りに友達と待ち合わせしててさ、時間があったから学校の近くにあったカフェに入ったんだ。時間帯のせいか俺以外に客は誰もいなくて。そしたらさ、カウンターの奥でなんかすすり泣くような声が聞こえてさ、気になって近づいてみたら、それがマリコだったってわけ」
そう言われても私には、いつも笑顔を絶やさない真理子さんの泣き顔が想像できなかった。
「なんつうか、今考えてみればその瞬間、俺一目惚れしたんだな。俺が守ってやりたい、とか生意気に思ったんだよ。バカだろ？」
唯はそういって自嘲気味に笑ってみせた。
「……でもそれから毎日通うようになって、マリコともよく話すようになってさ、俺初めてデートに誘ったんだ。そしたらいいわよ、って。外で２人で逢うようになってから、マリコは自分の話をしてくれるようになったんだ。今内縁の妻として、婚約している。彼には植物状態でずっと寝たきりになった奥さんがいて、本当に結婚する事はできない。でも周りには婚約したと嘘をついている。たまに嫉妬でおかしくなりそうになる。俺の知らないマリコの姿を知って俺はますます彼女の事を救ってやりたいって思うようになってた」
淡々と話し続ける唯の手に力がこもっている事に気がついたけれど、私は何も言わず唯の目を見つめ返した。
「それで、俺ある時マリコに言ったんだ。“俺と一緒に生きていこう”って。マリコはすごく嬉しそうに笑ってくれた。その日マリコは旦那の所には帰らなかったんだ。俺と一緒にホテルにいたから。でも朝、俺が目覚めた時はもうマリコの姿はなかったよ。メールで“ありがとう”ってそれだけ。本当はその時諦めるべきだったのかもしれないけどさ、あいつからのメールが、“ごめんなさい”でも“一緒にはなれない”でもなくて、“ありがとう”だったからかな。俺は、またいつかマリコが帰ってきてくれるんじゃないかって期待したんだよ。あの後も、俺が連絡すれば彼女は返事をよこしてくれたし、あいつがあのカフェにいた間はたまに逢いにも行ったしさ」
唯は遠くを見つめてゆらゆらと瞳を揺らしている。
それは真理子さんが先生を想い話していた時と同じ目だった。
どんなに好きでも報われる事のない、とても切ない愛が映り込んでいるように見えて胸が苦しくなる。
「ずるいよな、あいつ。俺を突き放すような徹底的な一言を絶対言ってくれねえんだもん。でもそれが、マリコにとって大事な事だったかもしれないって。俺がいる事で最低のところまで落ちずに済んでたのかなって。そう思ったら俺、少し救われたんだ」
唯とマリコさんの間に何があったのか、私はようやく真実を知る事ができた。
私は黙ったまま彼が話し終えるのを、待っていた。
「でも、もし旦那の奥さんが亡くなったんだとしたら、今度こそ俺は用済みだな。でもいつかこんな日が来るとは思ってた。それでも俺は自ら動かなかった。自業自得だよ。でもこれでようやくマリコの想いが報われると思うと嬉しいよ。あいつずっと結婚したかったんだ。あの旦那と……」
私の前で無理しているのが痛いほど伝わって、胸が締め付けられる思いだった。
「本当にいいの？　それで」
「良いも悪いも、決めるのはマリコだよ。俺は関係ない」
「……大丈夫？」
こんな言葉しかかける事ができない私は無力だった。
いつもそうだ。
私は見守る事しかできない。弘人の時だって……。
「どうかな。しばらくは思い出すだろう。でも俺だって男だよ。ちゃんと立ち直るさ」
彼の目にきらりと光るものを見たけれど、私は見ない振りを通した。
「……そっか」
「じゃあ、俺帰るよ。今日は本当にありがとう。弘人にもよろしくな」
彼は腕を上げ、私に向かってひらひらと笑顔で手を振った。
私はそれを立ち尽くしたまま見つめていた。
唯は私に全て話してくれたというのに、私は今でも唯に嘘をつき続けている。
歩き出した唯の背中を呼び止めようと声をかけようとしたけれど、私は結局何も言い出す事ができなかった。

phrase 4

弘人が入院してから10日後の元日に、弘人は初めての無菌室へ移動となった。
彼からその事をメールで知らされた時、ついに来たかと思ったけれど私はさほど心配していなかった。
なぜならそれは、抗がん剤が効いているという証拠になるからだ。
白血球の値がいつまでも下がらず、無菌室への移動が必要ない方が彼にとっては命取りなのだ。
それに彼は前もって私に無菌室に行ったとしても心配するな、と教えてくれていた。
それも私にとって大きな不安を取り除く要因となっていた。
ただ、新年早々無菌室で迎える事になった彼を、少し気の毒には思ったけれど。

その日、私は彼を見舞うため、クリーンルームと呼ばれる無菌室に初めて足を運んだ。
そこは病院の最上階にあり、私は少し緊張気味にエレベーターに乗り込んだ。
最上階である８階につき、扉が開いた瞬間そこは他の階に比べてとても静かだった。

ナースステーションに面会を知らせると、上着を脱ぎ、手洗いとうがいをしてマスクをつけ、それから彼のいる病室へ誘導された。
彼のいる病室といっても、そこはガラス張りになっておりガラス越しに用意された面会室からの面会となるため、直接彼に触れる事はできないようになっている。
中に入ると、ベッドの上で何やらパソコンを打っていた彼が私に気づき、手を振ってくる。
私は少し緊張気味に手を振り返しながら、ガラスの外に置いてあるインターホンを手に取った。
すると中にも同じく設置してある受話器を彼は耳にあてた。
「もしもし」
「もしもし、聞こえる？」
彼は親指を立てながらにっこりと笑った。
本人を目の前にして電話で話すというのは今までに経験がなく、少し違和感を抱きながらも相変わらず元気そうな彼にほっと胸を撫で下ろした。
「あ、あけましておめでとう」
「おう、あけおめ！　まさかここで新年を迎えるとはな」
彼は自虐的に笑った。
「本当だよ！　でも仕方ない、抗がん剤が効いてるんだもん。我慢しなさい」
「はーい。でもここ便所も丸見えなんだぜ？　カーテンはあるけどなんか恥ずかしいよな」

そういって彼はベッドの奥に設置されたむき出しの便座を指差した。
「確かにちょっと恥ずかしいかも」
「まあ、さっきうんこしたけど」
彼はとぼけた表情をしていつものように私をからかっている。
「もう、全然恥ずかしくないんじゃん」
「まあ別に男だしな。お前だったら初めは便秘になるところだろ」
「かもね。でも面会時間が１人30分までだってさっき看護師さんに言われたよ」
「ああ、そうらしいな。１日２人まで計60分とか」
「弘人、暇になるね」
「暇だよ、本当それだけが苦痛」
「体は？　だるくない？」
「全然平気だぜ？　本当に病気なのかって感じ」
彼は肩をすくめてみせた。
私も彼と同じ気持ちだった。
何度彼の病について説明されてもこんなに元気なのに、どこがそんなに悪いのだろうと彼を見る度思ってしまう。
例え、こんなガラス張りの部屋に隔離されていたとしても。
「ねえ、花音って不倫についてどう思う？」
あまりに脈略のない唐突な質問に、私は目をパチパチと瞬かせた。

「……どういう意味？」
「いや、ちょっとな」
「えーなに？　誰か不倫でもしてるの？」
「いや、そうゆうわけじゃないけど」
「えー、どんなに好きでも不倫なんて絶対やだよ」
「そうだよなぁ。あ、なあ花音。お願いがあるんだけど」
「え？　何？」
私は思わず身を乗り出した。
弘人が入院してから彼に何か頼み事をされるのは初めてだったのだ。
今までも何かしてあげたいと思っていたけれど、何もできなかった。
「なあ今デジカメ持ってる？」
「え、バッグに入れっぱなしだと思うけど……」
私はバッグの中をまさぐり、ピンク色のデジカメを取り出した。
「初無菌室記念に写真撮ってよ！」
弘人はあっけらかんとそんな事を私に言った。
「……しょうがないな」
なんとなく一瞬気が引けたけれど、それでもどんな彼の姿も残しておきたいとも考えた。
いつか彼が元気になった時、この写真を見て、こんな事もあったねと笑って話せる日が来るように。
私はガラス越しにカメラをくっつけて、ピースする彼にピントを合わせてシャッターを切った。
ガラス越しで反射してしまうかと思ったけれど、思ったより上手く撮れた。
「お、上手く撮れてるじゃん」
彼に見せると、彼はニコッと歯を見せて嬉しそうに微笑んだ。
「これが遺影にならないように頑張るよ！」
「もう、全然笑えないから！」
私は不謹慎な彼を思わず睨みつけた。
「冗談だって！……あ、ねえもう一個頼んでもいい？」
「何？　何でもするよ？」
「カップラーメン食いたいんだけど下で買ってきてくんね？」
「カップラーメンなんて食べて平気なの？」
「乾麺は大丈夫だって。金はあとで親からもらって」
「いいよ、カップラーメンくらい！　じゃあちょっと買ってくるね！」
「悪いな」
私は看護師さんに許可をもらってから下の売店まで急いだ。
あれこれ選んだ結果、カップヌードルの全種類を一つずつ購入し、再び最上階に戻る。
私は彼に頼み事をされた事が嬉しくてつい口元が緩んでいる事に気がついた。
彼のドナーとして適応されなかった時から、前にも増して私は彼のために何かできる事はないかといつも考えていたのだ。
上に戻ると、看護師さんにカップラーメンを預けた。
「弘人くん、今調子良さそう？」
看護師さんの１人が私に尋ねてきた。
「あ、はい。すごく元気みたいです」
「そう、ならいいけど……、結構抗がん剤の副作用が強いみたいだから」
私は彼と食い違う言葉に首をかしげた。
「もし吐いてたりしたら、知らせてね。できるだけすぐに処理したいから」
看護師さんはそう言い残して業務に戻っていった。
来た時のように再び手洗いうがいをして、中に入る。
その時、ガラス越しの遠く曇った音がかすかに外に漏れ出しているのが聞こえた。
私は何だろうと、そっと彼の様子を覗き見た。
隔離された部屋の中で、弘人がうなり声をあげているのが見えた。
手元に桶のようなものを抱えて顔をしかめ、食べたものを吐き出している。
何度も何度も嘔吐《おうと》を繰り返し、苦しそうに息を荒らす弘人。
今まで一度も見た事のない苦しむ弘人の姿を目の当たりにして、私は言葉を失った。
思わず死角に隠れて彼から見られないように身を潜めた。

彼がさっきなぜ私にわざわざ頼み事をしたのか、その瞬間に悟っていた。
彼は自分の苦しむ姿を私に見られたくなかったのだ。
頼み事をされ、必要とされているのだと呑気《のんき》に浮かれていた自分が腹立たしかった。
さっきまで全然平気だと笑っていた彼が脳裏に浮かんでくる。
「全然平気じゃないじゃん……」
爪が食い込むほど握りしめた手が震えていた。
溢れてくる涙をどうにか拭いながら、私は彼の望みを叶えようと決心した。
彼が見せたくないものを、私は彼が治るまで見ない振りをし続けようと。
しばらくして声が聞こえなくなったのを見計らって、私は笑顔で彼の前にひょこっと顔を出した。
彼が慌てて吐いたものを隠すのを私は見なかった振りをしてインターホンを手に取った。
「カップラーメン、看護師さんに預けたから後で受け取ってくれる？」
「おう。悪いな」
彼は少し咳払《せきばら》いをして、再び笑顔に戻るといつものように明るく振る舞い続けた。
「じゃあそろそろ帰るね。また明日来るから」
「おう、待ってる！」

無菌室を後にした私は、看護師さんに彼の吐いたものの処理を頼んだ。
こんな事しか今の私にはできないけれど、それでも私は彼が回復する事を信じていた。

その後、彼が言っていた通り、無菌室と一般病棟を何度も行き来する入院生活を繰り返し、1月の中旬抗がん剤投与期間である1クール目を無事終えた。
そのタイミングで彼は再び無菌室に移動となったけれど、もちろん私の前ではいつも元気な姿を見せてくれていた。
けれど彼と適合するドナーはまだ見つからなかった。
これも医師からすれば想定内であり、1年以上ドナーが見つからない事もよくある事だ、と教えてくれた。

phrase 5

件名：RE RE すごいやつだよ。
その節は弘人の彼女に大変お世話になりました。笑
まあそういうわけで、俺は相変わらず元気だって彼女にも伝えておいてくれよな。　　唯

あの後も唯からのメールは普通に送られてきて、私は少しだけ安心していた。
もちろん完全に立ち直ったわけではないだろうけれど、こうしてメールを打てるだけでも少しはましなはずだ。
紗季から第２回戦も勝ち上がったと報告のメールが来た時に、私は澤本先生の事をそれとなく紗季に尋ねていた。
案の定、澤本先生は１週間ほど休んでいたと聞いて、私は亡くなったのが奥さんである事を確信しつつあった。
そして私は唯に黙って、もう一度真理子さんのカフェを訪れてみる事にした。
いつものように自転車を脇に停め、店のガラス窓から中を覗いてみた限り、テーブル席にお客さんはいないようだった。
思い切って扉を開けると、真理子さんがカウンター席の片付けをしている背中が見えた。

客が入ってきた事に気づき、真理子さんがすぐに振り返ると、「あら花音ちゃん」といつものように笑顔で迎えてくれた。
「なんだかちょっと久しぶりね」
そう言う真理子さんの顔は少しだけ疲れているようにも見えたし、少しやせたような気もした。
お客さんは入っていなかったので、この間と同じ席に案内され、私はこの間と同じカフェラテを注文した。
真理子さんは今日も、カフェラテと一緒にシフォンケーキを添えてくれた。
今日はあずきの入った抹茶のシフォンケーキだった。
「花音ちゃんにはサービス」
パチリとウインクをして、彼女は今日も私の隣に腰を下ろした。
「この時間はいつも暇なのよ。花音ちゃんが来てくれて退屈せずに済んだわ」
「ありがとうございます、いただきます！」
私はカフェラテが冷める前にケーキを先に口に入れた。
「やっぱり美味しいです。ここのシフォンケーキ」
「本当？　よかった」
真理子さんはカウンターに肘をついて私が食べるのを見つめていた。
「あ、そうだ、この間はごめんなさいね。ケーキ予約していたのに取りにいけなくて。彼、ちゃんと取りにいってくれたかしら？」
私はどきりと肩を跳ね上げた。
真理子さんの方から“彼”について尋ねてくるとは思っていなかったのだ。
「……唯くん、ですか？」
私は声をうわずらせた。
「あ、そうそう。本人に取りにいかせるなんて私悪い事しちゃったわね」
苦笑しながら真理子さんは肩をすくめた。
私は覚悟を決めて、「私もこの間……」と真理子さんに話を切り出した。
「この間？」
「はい、この間も来たんです。ここに。でも真理子さんいなくて……」
すると真理子さんの表情から、ふっと笑顔が消えるのがわかった。
私は思わず目をそらしてカフェラテをすすった。
「熱っ！」
「あ、大丈夫!?　水持ってくるね」
冷まさずに勢いよく飲んでしまったせいで舌を火傷《やけど》してしまった。
真理子さんが気を利かせて冷たい水を持ってきてくれたのを見て、私はすみません、と謝ってからそれを喉に流した。
「花音ちゃんって面白いのね」

真理子さんはクスクスと笑いながらその様子を眺めていた。
「すみません、ありがとうございました」
そう頭を下げながら、もうあの事を聞き出せないなと諦めかけていた。
「……亡くなったのよ、澤本の奥さん」
私は思わず彼女を見やった。
彼女の表情は何とも言えず、ただぼんやりと宙を仰いでいた。
「いつですか？」
「この間、私が花音ちゃんのお店にケーキを取りにいくはずだったちょうどあの日よ。あの日、彼の奥さんの容態が急変したのよ。今まで自発呼吸はしていたんだけど、呼吸が止まって人工呼吸器に変えられたの。その時に今夜が山ですって言われていてね。先週の月曜日に亡くなったわ。一度も目を覚ます事なく、そのままね」
「先生は……？」
「彼も、いつかこんな日がくる事は覚悟していたと思うわ。彼女の死を受け入れるだけの猶予は十分にあったはずだから。取り乱す事もなく、葬儀の準備も淡々とこなしていたもの。だって彼女が亡くなった時、泣いていたのは私の方なのよ？　変な感じでしょ？」
真理子さんは微笑を浮かべたけれど、それはすぐに消えてなくなった。
「じゃあ、真理子さんは先生と結婚するんですか？」

「……どうかしらね。でも、なんだか奥さんが亡くなってから前よりもっと居心地が悪いのよ」
それは意外な言葉だった。
なぜなら彼女は奥さんの死を望んでいたはずだったからだ。
「どうして？」
「……もうこれで、永遠に彼女には敵わないんだなぁって感じたの。彼女が彼に何も言葉を残さず逝ってしまったせいで、今度こそ永遠に２人の仲を切り離せなくなったんだなってね。皮肉よね。亡くなってからの方が彼のそばに奥さんの存在を感じてしまうんだもの」
真理子さんは目標を失った時に残る喪失感のようなものを抱えているように見えた。
「永遠……」
私はその言葉の意味を確かめるように、静かに呟いた。
「花音ちゃんは永遠ってあると思う？」
ふいに尋ねられ、私は一瞬戸惑った。
永遠なんてあまり口にした事がない言葉だったからだ。
「……わからないです」
すると真理子さんは、
「私はあると思う。ただ、それは生きている人には残せないものだけど」
そう言った。
「どういう意味ですか？」
私は真理子さんを見つめた。

「永遠を実現させられるのは、亡くなってしまった人だけなのよ。亡くなった人が、唯一この世に残せるものね」
「唯一残せるものって？」
私はそれが真理子さんや先生にとっての奥さんの話ではなく、いつのまにか私にとっての弘人と重ね合わせていたように思う。
「……残された人間の記憶よ。記憶の中で彼らは“永遠”になるの。別れの言葉や、答えを残さずいなくなる事で、彼らは記憶の中で永遠に生き続けるんだと思うわ」
弘人が私の中からいつまでもいなくならない事の理由を、私が現実を受け入れられない事の理由を、私はその時知った気がした。
答えを出さずにいなくなることが、この世で唯一永遠を実現する方法なのだとしたら、私はきっとこれからも、この先ずっと彼を思い続ける事になるのかもしれない。
それを弘人も知っていたのだろうか。
「ずるいわよね。亡くなった人には勝てっこないもの。彼女は自分の命と一緒に彼の心も攫っていったんだわ」
「……それでも真理子さんは先生と離れないんですか？」
その質問に彼女は少し驚いた様子を見せた。
それはまるで、そんな事考えた事もなかったというような表情で、私は彼女が返事をする前にすでに答えがわかってしまった。
「……そうね、それでも彼を愛しているから」

とても幸せそうだとは言えないけれど、人の幸せは誰かが決める事ではない。
本人にとっての幸せの形が、必ずしも嬉々としたものとは限らないのだ。
私は胸の中で静かに唯の失恋を思った。
そして２人のそれぞれの幸せを願わずにはいられなかった。

第5章

過去と記憶

phrase 7

「ドナーが見つかったって」
それは彼が入院して約3ヶ月、冬の寒さが少し和らいできた3月の初めの事だった。
2クール目を終え、3クール目までの休養期間中に医師から報告を受けたのだ。
私は彼の母親から連絡を受け、放課後すぐに病院へ向かっていた。
「珍しい型なのにこんなに早くドナーが見つかるなんて強運としか言いようがない」と医師に告げられた彼の母は泣きながら医師に感謝していた。
しかし今すぐ移植をできるわけではなく、移植するには、まず再び抗がん剤で徹底的に彼の白血球の値をほぼ0にまで下げる必要があると医師は言った。
そうしなければ、移植しても拒絶反応を起こす確率が高くなってしまうのだ。
もちろんその間に感染症などにかかってしまえば、移植する事はできず、抗がん剤も使用できないために非常に危険であり、もし移植できたとしても他にもさまざまなリスクを伴うとも伝えられた。
それでも弘人にとってそれは必要不可欠であることも同時

に伝えられた。
けれど成功すれば移植によって彼の生存率は著しく上がり、私の耳には相変わらずいい報告のみが残っていた。
その時弘人がいた病室は一般病棟で、私は今すぐ彼を抱きしめたい気持ちで病室へと急いだ。
部屋に入ると、弘人は窓際のベッドでぼんやりと外を眺めていた。
「弘人！　ドナー見つかったってね！」
「おお、花音か」
私の声に気づき彼が振り返る。
「これで治るね！　きっと！」
私は嬉しくて彼の手を握りしめた。
しかし彼の表情は浮かない様子だった。
「どうしたの？」
「え、いや別に。な、安心したよ」
どんなに辛くても私の前では笑顔を絶やさなかった彼が、こんな日に限って笑顔を見せない事が不思議だった。
「嘘、何か隠してる」
私は彼の顔を覗き込んだ。
彼は一瞬私と目を合わせたものの、すぐに目をそらし、窓の外に目を向けた。
「……弘人？」
私は握っていた手の力を緩めた。
「ここにいるとさ、同じ病気を抱えた人と話すようになるんだ」
弘人は外を見やったまま話した。
「入院してからさ、１人仲良くしてた孝弘《たかひろ》さんって12歳年上の人がいてさ、色々話をきかせてもらったんだ。孝弘さんは５年前に白血病が見つかって、入院したんだけどドナーが見つかって移植したんだって。それで一時はよくなって退院してたらしいんだけど、結局再発して入院してたんだ」
たった今まで希望に満ち溢れていたはずなのに、移植後の再発という言葉が重くのしかかった。
「それでもいつも元気でさ、俺を見かけるといっつも笑って声をかけてきてくれた。孝弘さん見てるとさ、俺も勇気づけられてたし、どっちが先に退院できるかって競争してて……」
そこまで言うと弘人は言葉に詰まり、俯いた。
弘人が他の患者さんについて私にこんな風に話してくれたのは初めてだった。
白血病は決して珍しい病気ではない。
白血病に限らず全ての癌《がん》を含めれば、誰にだってその可能性はあり、この病院内だけでも何十人もの患者がいるはずだ。
現に私がこの病院に通い始めてから、抗がん剤治療によって髪が抜け、ニット帽をかぶった患者さんを何人も見かけた。

年齢も様々で、私よりずっと幼い子供も点滴を引きずりながら歩いていた。

「……その人は今どこにいるの？」
私はその人に会ってみたいと思った。
万が一、白血病が再発したとしても、その彼のようにまた元気になれるのだと言う事を目に焼き付けておきたかった。
「こないだ、亡くなったよ」
と弘人は言った。
その時、立ちくらみのような感覚が私を襲った。
移植したからといって必ずしも完治できるわけではない。
それが現実だった。
「俺……、さすがに堪えたわ」
弘人はそういってうっすらと笑ったけれど、私はその時初めて彼の弱音を聞いて、とてつもない不安が襲ってくるのを感じた。
「……弘人は大丈夫。絶対大丈夫」
弘人にそう言いながら、それはまるで自分に言い聞かせているようでもあった。
弘人が死ぬわけがない。
きっと全て上手くいく。先生だって弘人は強運だと言ってくれたのだ。
「……うん、俺は死なねえよ」
彼は私の様子を見て、ふいに私の手を握った。

いつも私たちはあべこべだった。
病気である弘人が私を慰め、私の方が励まされる。
彼が入院してから、私は少し強くなったように思っていた。
けれど実際は、彼が私を強くみせてくれていたのだ。
いつも彼は自分より私の心配の方が優先だった。
私が不安にならないように、気を張ってくれていた。
「自転車、乗せてくれるんだよね」
「ああ、約束したもんな」
「またさ、あの坂の桜が満開になったらさ、写真撮りにいこうよ」
「そうだな」
「それで今年の夏は甲子園にも行くんだよね」
「俺の夢だ」
「夢じゃないよ、きっと行ける」
「それまでには退院してえなぁ」
「できるよ」
「ああ、そうだな」
私はできるだけ未来の事について話した。
目の前の現実から目を背けるように。

phrase 2

7月に入ってから10日も過ぎると、気温が30度を超す日が当たり前のように続いていた。
店ではクーラーをキンキンに回し、商品がダメにならないように温度管理には注意を払っている。
毎年夏場はどうしてもケーキの売れ行きが思わしくなく、日中はほとんど客も入らなかった。
私は薄手のカーディガンを羽織り、客が来るまでカウンターの奥に置いたパイプイスに腰を下ろしてこの間買ったきり忘れていたコミックスを読みすすめた。
母は私が店番を始めるようになってから、たまに友人と食事に行く機会も増えていて、今日も朝ケーキを作り終えてから昼頃どこかへ出かけていった。

その日、店にとても珍しい客がやって来た。
その人は私が後数ページでコミックスを読み終える寸前のところで父の鐘を鳴らして入ってきた。
私は後ろ髪を引かれる思いで慌ててコミックスを閉じて、扉に目を向けた。
すらりと背が高く細身で、色の白い、目鼻立ちの整ったスーツ姿の男性だった。

私はすぐに見覚えのある顔だと思った。
一瞬誰だかわからなかったけれど、次の瞬間にはすぐにその顔と記憶が一致していた。
「澤本先生！」
私は思わず彼を指差して叫んだ。
先生の方もしばらく戸惑った様子で私を見つめた後、「あ、杉浦か」と目を瞬かせた。
どうやら彼は私がこの店の娘だとは知らず、偶然立ち寄った様子だった。
彼は少し参ったな、という顔をした後、ふいに私に目を向けた。
「ここお前の家か？」
「あ、そうです」
「そうか、なるほどな」
と彼は何かを悟った風な顔をして静かに頷いた。
「なるほどってなんですか？」
「いや、ちょっと、こっちの話だ」
彼はそう言って、目のやり場を求めてショーケースの中のケーキを眺める振りをした。
決して親しい先生でもなかったし、気まずい沈黙が２人の間に流れていた。
私の中で彼は先生ではあったけれど、今では真理子さんの内縁の夫という印象が強くなっている。
真理子さんの話では、この間奥さんを亡くしたばかりなのだ。
お悔やみの言葉をかけようかと迷ったけれど、生徒である私が先生のプライベートな事を知りすぎていると彼の方も戸惑うだろうと思い、口を閉ざした。
その代わり、私は先生の様子を目で追っていた。

ショーケースを覗く先生の着た半袖のシャツはピシッとアイロンがかけられていて、真理子さんの良妻ぶりが窺えた。
彼の左手薬指には、しっかりと真理子さんと同じシルバーの指輪がはめられている。
前の奥さんとの指輪は一体どうしたのだろうか。
「そういやお前、学校来ないのか？」
ふいに尋ねられ、私が答えられずに黙り込んだ。
「気持ちはわかるが、高校くらいは卒業しておいた方がいいぞ。何かやりたい事が明確にあるなら別だが」
と彼は目を合わさずに言った。
そんな事は言われなくても自分でもよくわかっていた。
けれどもう二度と弘人の帰ってこない学校の事を考えると体が鉛のように重くなるのだ。
なぜ先生はそんな残酷な事が言えるのだろう。
愛する人の死がどういうものなのか、彼が一番よくわかっているはずなのに。
「……先生は、簡単に過去を忘れて前に進めるんですか？」
思わず口について出た言葉だった。

先生は驚いたように顔を上げ、私の顔を見つめた。
先生の目は真っすぐに私を見つめていたけれど、視点はぼんやりともっと遠く、もう二度と逢えない誰かの事を思い浮かべているのだと私にはわかった。
しばらくしてふと我に返ったように先生が目をそらし、それから長い瞬きを終えた後、
「過去を忘れる事と、前に進む事は必ずしもイコールじゃない」
と彼は言った。
その意味が私には理解できなかった。
「過去を引きずったまま前に進めと？」
自分の口調がきつくなっている事に気づいていたが、止められなかった。
「引きずるというのとも少し違う。過去を置いていくんだよ」
「過去を置いていくっていうのはやっぱり忘れろって事じゃないんですか？」
胸の奥で何か熱いものがゴウゴウと燃え始めていた。
「忘れるっていうのは、あった事をなかった事にするって事だろう。それは不可能だよ。人間の記憶は印象深いものほど忘れる事は困難だ。大抵忘れたいと思えば思うほど、強く思ってしまうものだから。……でも置いていく事はできる」
「置いていく……？」

「なかった事にするわけじゃない。簡単に忘れろって言っているわけでもない。……ただ、過去の一部として思い出にするんだ」
「彼を思い出に……？　でも過ぎてしまった過去は全て思い出になるんでしょ？」
なぜだか息が苦しくなった。
それ以上聞きたくないようでもあり、聞かなければならないような気もした。
「お前の場合は、まだ現在と過去の境界線をうまく区切れていないんだよ」
先生は表情も声色も一切変えずに、淡々と話し続けた。
「……思い出にするってことが、過去に置いていく事なんですか？」
「そうだよ。思い出は決して今の自分の足かせになってはならないんだよ。周りに前に進めと強制される事は辛いだろう。でもそれはな、みんなお前にあいつを忘れろって言ってるわけじゃないんだ。勘違いするな。過去は杉浦自身が忘れない限り、ずっと記憶の中で生き続ける。過去を振り返るな、なんて言ってるわけじゃない。何度だって振り返れば良い。思い出したい時にいくらでも立ち止まって、振り返って思い返せば良い。でもそこで止まっていては、その苦しみから解放される事はない」
彼の表情はあいかわらず無表情に近く、感情の起伏など一切感じさせないにもかかわらず、その言葉は私の胸に鋭く刺さって抜く事ができなかった。
体中がかすかに震えていた。
体がこんな風に言葉に反応するのは弘人が亡くなってからは初めての事だった。
私の中で何かが変わろうとするのを感じながら、それでもまだ抵抗したい自分もいる。
「なあ、杉浦……、お前、佐久間が亡くなってからまだ一度も泣けてないんじゃないか？」
先生の言う通りだった。
私は彼が亡くなった時ですらも、泣き叫ぶ弘人の母を横目に私の目からは一粒の涙もこぼれ落ちる事はなかった。
彼が生きていた頃は、彼と喧嘩するたびにすぐ涙が溢れていた。
彼には泣き虫と言われてからかわれる事もあったはずなのに。
その時、私が彼を思い出にできていないのだと改めて自覚した。
私は今でも彼と共に生きているのだ。
まるで彼が帰ってくるのを待っているかのように。
「……でも先生、先生も奥さんが亡くなった時泣けなかったんですよね」
「……やっぱり真理子から聞いてたんだな」
先生は一度大きくため息を吐いて視線を落とした。
「真理子がここに来れば良いものが見られる、なんて言ってたから怪しいとは思っていたんだ」
先生はここに来た本当の理由を口にした。
真理子さんはきっと同じ境遇を持つ私と先生を引き合わせたかったのだろう。
彼女も彼女で何かを期待していたのかもしれない。
「先生はもう奥さんを過去に置いていったんですか？」
その質問に、先生は少し戸惑ってから、
「……私の場合は少し事情が違っている」
と答えた。
「事情？」
私は首をかしげ、先生を凝視した。
「……一生かけてあいつに償わなければならない事があるんだ」
「何をしたんですか？」
「それは言えない。……悪いが今日は帰るよ」
先生は何も買わず、逃げるように私に背を向けた。
「先生は逃げるんですか？　私には過去を置いて進めと言いながら」
思わず先生の背中に叫んでいた。
「真理子さんだって気づいてますよ、先生が今でも奥さんの事忘れられてないって」
その言葉に彼の足が止まり、そして再び振り返った時、先生は静かに笑みを浮かべていた。
その表情は無表情の時よりも、苦しみを含んでいるように見えた。
「逃げる……？　逃げられるものなら逃げたいよ」
まるでこの世の終わりでも見たような冷たく冷酷な眼差しだった。
「……奥さんと何かあったんですか？」
その質問に先生はまた口を閉ざし、しばらく床に張られたタイルを見つめていた。
私は黙って先生が何か口にするのを待ち続ける。
その間、クーラーの風音だけが耳鳴りのように響いていた。
「……真理子になんて聞いたんだ、妻がああなった理由について」
「え……、交通事故に巻き込まれたって」
すると先生は窓の外に目を向けて、窓の形に切り取られた空を眺めてた。雲一つない青空だ。
それからそっと目を瞑り、静かにこう話した。
「……自殺だったんだよ。妻は自殺を図って自ら飛び込んだんだ」
思いも寄らない告白に、私は言葉を失った。
「妻とは17歳から付き合い始めて23歳で結婚した。昔から感情の起伏が激しいタイプで私とは全く違うタイプの女性だった。それでも６年も付き合って今更結婚しないなんて言ったらヒステリックになるだろうなと思って結婚したんだ。正直面倒くさいやつだな、とは思ってたよ。ただ落ち着いている時の彼女はすごく魅力的だった」

先生は神父に向かって自分の罪を打ち明けるかのように話し続けた。
「結婚して２年過ぎた頃だった。急に仕事をやめてきたと思ったら家に引きこもるようになったんだ。初めはまた感情に任せてやめてきたんだろうと呆れていたんだ。でも日に日に変な事を口にするようになっていた。私は誰かに狙われてる、とか、外に出たら殺されるとか。私もまだ教師になったばかりで、そんな馬鹿げた事を言い出す彼女に苛立ってばかりだったよ。……その時は彼女が深刻な鬱状態に陥っていたなんて思いも寄らなかった。家に帰るのがずっと憂鬱だった。会話をしても噛み合わないし、何もしていないのに帰りが遅ければ浮気を疑われて、いい加減うんざりしていたんだ」
彼は肩を落とし、相変わらず窓の外を見やったまま、冷然と口だけを動かしている。
「あの事故の前日、私は家に帰らなかったんだ。仕事でトラブルがあって帰るのが遅くなったんだ。これで帰ったらまた色々疑われると思ったら逃げ出したくなった。それで近くのホテルに泊まった時、こんなに安らげたのは久しぶりだと思ったよ。その時同時に、もうこれ以上一緒にいる事は不可能だ、離婚するしかないってそこまで考えが至ったよ」
それは真理子さんから聞いていた先生の奥さんへの想いとは丸っ切り違っているように思えた。

きっと真理子さんはまだ、この真実を聞かされていないのだ。
「その次の日の昼だった。彼女が走ってくる車に自ら飛び込んだのは」
背筋がゾクッと凍り付くようだった。
「彼女が寝たきりになってしばらくは、私も事故だったんだと思っていた。もっと言うと、少しほっとしてたんだ。彼女がああいう状態になってしまったというのにね。彼女から解放されたような気持ちだった。それから真理子と出会って、私は結婚していながら真理子を愛してしまった。身勝手にプロポーズまで済ませてさ。だけど妻が入院して２年が過ぎた頃、目撃者がいた事がわかってね、彼女が自ら飛び込んだ事が発覚したんだ。
それからよくよく調べてみたら家の中から心療内科の診療明細が出てきてね。……彼女は独りで戦っていたんだよ、ずっと。私があの日ちゃんと家に帰っていれば……、もっと早く心の病に気づいてやれていたら、あんな事にはならなかったはずだ」
先生は顔をしかめて、拳を強く握りしめていた。
後悔の渦の中で彼はずっとさまよっていたのだ。
「だから私は彼女を置いて進むわけにはいかないんだ。彼女を背負って生きていく」
彼の中には断固とした決意があり、それにとらわれているように思えた。

「真理子さんはどうなるんですか？」
「真理子はそばにいてくれるならいてほしいと思っているよ。愛しているのは真理子だ。でも彼女が離れていく時に、私は彼女を引き止める事はできないだろう」
先生もまた、今という現実を見失った仲間だった。
人というものは滑稽だな、と思う。
自分のことは棚に上げておきながら、他人の間違いには敏感に気づいてしまう。
「そんなの間違ってます。……もう亡くなったじゃないですか。先生は奥さんが意識をなくしてから何年もずっと奥さんに謝り続けていたんですよね？　自分を責め続けていたんですよね？　ならもういいじゃないですか」
私の言葉を遮るように、
「それは俺が決められる事じゃないだろう」
と彼は語気を強めていった。
「じゃあ奥さんがそうしろと言ったんですか？　口の聞けなくなった奥さんにそう言われたんですか？」
「そういうわけではないが……」
「ならもう十分です。先生は十分罪を償いましたよ。……でもどうにもならないものってあるんです。きっと奥さんのことも、先生の力だけではもうどうにもならなかったはずです。遅かれ早かれ同じ結果になってしまっていたはずです。……先生、先生が思ってるほど人の力って大したものじゃないですよ。本当に微力なんです。自分の力で誰かを救える人なんて思い上がりです。……どんなに自分が頑張ろうとしても、変わってあげたいと願っても、人には限界があるんです」

――――限界がある。
弘人がまだ生きていた頃、私は何度も“限界”の壁に打ちのめされた。
どんなに変わってあげたいと思っても、彼の病気を私に移す事などできなかった。
ドナーにさえなれず、私はいつも苦しい治療に耐える彼を見守ることしかできずにいた。
自分の無力さに愕然《がくぜん》とし、そんな自分を責めたくなった。
その苦しみは痛いほど理解できる。
先生は俯いたまま黙っている。
「先生、死んでしまった人にはもう罪を償うことはできないんですよ。背負って生きていくっていうのは、ただの先生のエゴです。きっと奥さんは、後悔してます。あんな風に寝たきりにしなってしまった事。本当は先生に伝えたい言葉は沢山あったはずなのに。彼女が本当に先生を恨んでいると思いますか？　……何年もそばにいてくれた先生の事を。もう自分を許してあげてください。彼女を過去に置いていってあげてください。……だって忘れるのとは違うんでしょ？　何度だって思い出して振り返って良いんですよね？　だったら……」

急に先生の肩が震え始め、先生は指輪の光る左手で目元を覆った。

「……忘れるわけないじゃないか。あんなに愛していたんだ」

先生が始めに私にかけた言葉は、先生自身が一番かけてもらいたかった言葉だったのかもしれないと思った。

“過去を置いていく”

“忘れるのとは違う、何度だって振り返れば良い”

“思い出にするんだ”

「真理子さんはきっと全て理解してくれます。だって真理子さんは先生が誰を思っていようとも先生のそばにいてくれようとしてくれる人だから」

先生の頬に一筋の涙がこぼれていくのを、私は静かに見つめていた。

「先生……、でも思い出す時の奥さんは最後の姿じゃなくて、一緒に笑ってる時の彼女にしてあげてください。奥さんもそれを望んでいるはずです」

それから先生はポケットからハンカチを取り出し、涙を拭き取ると私の目を真っすぐに見つめた。

「……お前はちゃんと答えを知っていたんだな」

と彼は言った。

「答え？」

「そうだ。お前は自分が本当はどうするべきなのかわかっている。わかっている上で、立ち止まっていたんだな」
そう言われて私は、自分が先生にかけた言葉を思い返した。
「少し安心したよ。お前は私よりずっと賢い。なにかきっかけを求めているんだろう。前に進みだすための」
私はなんと答えていいのかわからなかった。
けれど自分が先生にかけた言葉と、自分の行動が矛盾していることには薄々気づき始めている。

「……ショートケーキを二つもらえるかな」
先生は徐ろにショーケースの中のケーキを指差した。
私は慌ててそれを取り出し、箱に詰めた。
真理子さんと一緒に食べるのだろうか、と頭に過ったが、あえて何も聞かなかった。
会計を済ませ、先生は店の扉に手をかけたあと、一度振り返って、
「そういえばうちの野球部、なかなか頑張ってるぞ。……佐久間と、お前のために」
そう言って、先生はかすかに口元を緩めて微笑んだ。
その顔は今まで見た先生の表情の中で、一番生き生きと輝いているように思えた。

phrase 3

件名：無題
今日、真理子に逢ってくる。　　唯

そのメールが送られてきたのは、先生が店にやって来た翌日の朝の事だった。
きっと真理子さんと唯が逢うのはこれが最後になるのだろう。
私はそのメールを見た時、複雑な心境だった。
唯、真理子さん、それから先生。
それぞれの思いを知ってしまった以上、私は誰の味方にもなる事はできなかった。
ただ1つ言える事があるとするならば、と私は彼に返信を送った。

件名：RE 無題
どんな結果が待っていても、後悔はするなよ。
頑張れ。　　弘人

そしてその日の閉店間際、母と2人で店に立ち、今日最後の来店だと思われるお客さんと会話を弾ませていた時、カランコロンと鐘が鳴った。
「いらっしゃいませー」と母が先に声をかける。
そして後ろで商品の箱詰めを行っていた私も声をかけようと振り返ると、そこには唯の姿があった。
彼は眼鏡越しに真っすぐに私を見つめており、なんだか少し様子がおかしかった。
「何、知り合い？」
母が怪訝に顔をしかめて私に耳打ちをする。
「あ、うん」
私は箱詰めを母に代わってもらい、カウンターの脇から唯の元に駆け寄っていった。
「どうしたんですか？　今日は真理子さ……」
と言いかけて、口を閉ざした。
今朝、唯からそのメールを受け取ったのは私ではなく弘人なのだ。
私がそれを知るのは早すぎる。
「ちょっと話がある」
唯はじっと私の目を見つめたまま、静かにそう呟いた。
私達は店を出て、川沿いを歩き始めた。
唯はなかなか口を開かず、空は次第に暗くなり、いつの間にか空には満月が上っていた。
「今日、真理子に逢ったんだ」
ふいに前をゆっくりと歩いていた唯が足を止め、そう口を開いた。

「へ、へえ、そうだったんですね？　どうでした？」
私は知らない振りをして聞き返した。
「やっぱり彼の奥さんが亡くなったらしい。だからもう逢わないって言ってきた」
唯は背を向けていて表情を窺い知る事はできなかったけれど、声の調子で落胆している事は伝わってくる。
「そっか……。後悔してますか？　強引に攫わなかった事……」
「……後悔はしてないよ。してないさ。……でも」
そう言って唯は振り返り、月明かりに照らし出された彼の表情はとても悲しそうな顔をしていた。
「なあ、花音ちゃん、……本当の事言ってよ」
「本当の事って……？」
すると唯は一度小さくため息をつき、
そして、

「……弘人は死んだのか？」

唯の口からその言葉を聞いた瞬間、心臓が激しく波打ち、息が詰まりそうになった。
「どうして……？」
私は震える声でどうにかそう聞き返した。
「真理子に花音ちゃんの話をしたんだよ。そしたら弘人の話になって」

私はもう何も返す言葉が見つからなかった。
その様子を見て、唯は真実を悟ったようだった。
「……じゃあ俺は今までずっと誰とメールしてたんだよ？
弘人だと思ってずっとメールしてた相手は誰なんだよ？
……花音ちゃんなんだろ？」
私はかろうじて静かに頷いた。
「なんでそんな事……」
私は何も言えなかった。
ずっと唯を騙してきたのだ。
弘人に成り代わり、味方のような振りをして、ずっと……。
「なんとか言えよ!?」
唯は語気を荒げて私を問いつめる。
けれど全部私が悪かった。
いつか話さなければならない時が来るとは思っていたけれど、私はずっとそれを打ち明ける事ができなかった。
謝って済む問題ではない事もわかっている。
「……最低だな」
唯はそう一言いい残し、私の前から去っていった。
１人取り残された私は、その場で力なくしゃがみ込んだ。
こんな時でも涙は一向に流れなかった。
心から申し訳ないとは思っている。
唯を騙して、傷つけてしまった事。
それでも弘人の振りをして、彼にメールを送り、唯の中でまだ弘人が生きているのだと思うと、私の心は救われていた。
どんな形でも、彼がどこかで生きている事を感じると、私は嬉しくてたまらなかった。
だから言えなかった。
私は彼を利用したのだ。

「あれ……花音ちゃん？」
ふいに名前を呼ばれ、私は唯が戻ってきたのかと顔を上げた。
そこにいたのはもちろん唯ではなかった。
「真理子さん……」
「どうしたの、こんなところで」
彼女はヨークシャテリアによく似た雑種犬を連れていて、川沿いの道でうずくまる私を見つけて駆け寄ってきた。
彼女が私に手をさしかけるよりも早く、その犬は私の膝元に回り込んできてクンクンとにおいを嗅ぎ回った。
「こら、ユメちゃんやめなさい！」
慌ててリードを引っ張る真理子さんに抵抗しながら、その犬は私の膝に手をかけ好奇心いっぱいにしっぽを振っている。
「真理子さんの犬ですか？」
「ええ、そうなの。こないだお友達の家のワンちゃんが赤ちゃんを産んで、貰い手を探しているっていうから１匹引き取ったのよ」

「ユメちゃん、可愛いですね」
私が頭を撫でてやると、その手をペロペロと舐《な》め返してきた。
「可愛いけど、ヤンチャで困っちゃうわ、散歩するにも一苦労で」
真理子さんは言う事を聞かないその犬に参っているようかのように肩をすくめた。
「それより、どうしたの？　こんなところでうずくまって」
私は言葉を飲み込んだ。
「あ、そういえば花音ちゃん、唯と知り合いだったんですってね。驚いたわ」
「……すみません、黙っていて」
すると真理子さんは何かに感づいたように、
「……私もしかしてまずいこと彼に話しちゃった？」
と恐る恐る尋ねてきた。
「真理子さんのせいじゃないんです。私が言わなかったのが悪いんです」
そう打ち明けると、真理子さんはハッとした表情で眉をひそめた。
「ごめんなさい私……。彼が花音ちゃんの彼氏とお友達だって聞いたから、彼氏さん残念だったわねって、唯に言ったのよ。そしたら唯、血相を変えてどういう事？って聞いてきたから、だって亡くなったんでしょう？って……」
弘人が亡くなったと初めて耳にした瞬間の唯の顔が目に浮

かぶようだった。
「ごめんなさい！　私勝手に……。でもどうして彼に黙ってたの？　彼氏が亡くなった事……」
「言いたくなかったんです。弘人が死んだって言えば、唯くんの中で生き続けている彼が死んでしまうから」
「……花音ちゃん」
真理子さんは私を哀れむように見つめていた。
「最低ですよね、本当。唯くんを利用したんです」
すると真理子さんは私の前にしゃがみ込んできた。
２人の間にユメちゃんが割って入ってくると、真理子さんの膝の上に飛び乗った。
「……私も同じよ、彼を利用したのは」
私は思わず真理子さんを見やった。
元々色の白い真理子さんの肌が月明かりを浴びてさらに白く透き通って見えた。
「彼の気持ちに気づいていながら、それを利用したの。自分の寂しさを埋めるためにね。私の方が最低よ」
「……唯くんは後悔してないって言ってましたよ」
「……唯は優しすぎるのよ」
真理子さんはユメちゃんの背中をそっと撫でながら、呟くように言った。
「もっと強引に引き止めてくれてもよかった。今日も、あの時も……」
「引き止めてほしかったんですか？」

「……どうかな。でも彼がそういう事できない人だってわかった上で彼を利用していたのかも。……彼、今日私になんて言ったと思う？」
いろいろと思い浮かべてみたけれど、私には見当がつかなかった。
「俺と真理子は年が離れすぎてる。だからこれで最後にしよう。ですって」
真理子さんはそう言ってふっと笑みをこぼした。
「憎らしいけど、彼は最後まで私を悪人にしないでくれたの」
それが唯の本心でない事くらいすぐに理解できた。
もちろん真理子さんもそれをわかっている。
「実は私ね、澤本と婚約解消したの」
そう言って彼女は何もはめられてない左手を私にかざしてみせた。
「え……」
思わず目を見張る私に対して、真理子さんは再びクスッと笑うと、
「そうじゃないのよ。ただ、また一からやり直そうって彼が」
私はその言葉を不思議に思い、首をかしげた。
「今まで私たちの間にはいつも奥さんがいたから、今度は２人で、また一から始めようって言ってくれたの。そんな風に彼が言ってくれるなんて思いも寄らなかった。驚いた

けど、やっぱり嬉しかったわ」
真理子さんが先生をどれほど愛していたのか表情を見ていればすぐにわかる。
「でもね、今まで一緒に過ごしてきた時間も無駄だったなんて思ってないのよ。彼にも時間が必要だったのよ。それを奥さんもわかっていたから、今までずっと生き続けてくれていたんだと思うの。それに彼女がいなければ、私は彼と出会う事すらできなかったんだから」
それは全ての事に意味があるのだと、私に教えてくれているようでもあった。
「だからね、花音ちゃん。……唯にも時間が必要なのよ。生きていたと思っていたお友達が、本当は死んでいた、なんてすぐに受け止めきれることじゃないわ。花音ちゃんが未だに受け止められないように、彼にだって時間が必要なの。わかってあげて」
私はしばらくその意味を理解しようと黙り込んで考えていた。
それから隣を流れる川を見つめ、一緒に流れていく木の枝や、緑の葉を眺めた。
「時間は……」
喉からわき出したように言葉がこぼれた。
「時間は全てを奪っていくのだと思っていました」
「奪っていく？」
「この川の流れみたいに、どんどん遠くに流れていって二度と戻ってこないから。大切な記憶も、過去も、……大切だった人も」

時間が止まれば良いと思っていた。
彼の死を目前にした時から、
彼が死んでしまった時も、
それに今でも思っている。
これ以上、彼との記憶が薄れていくのが怖かった。
自分の想いとは裏腹に、日々色あせていく彼の表情や、手のぬくもりや、彼の笑い声の一つ一つをいつまでも覚えておきたかった。
時間が過ぎていけば過ぎていくほど、過去は夢のようにその輪廓をぼかしていく。
必死に食い止めようとしても、少しずつ彼との記憶が少なくなっていき、増える事は決してない。

「どうして時間は過ぎてしまうんですか……」
私は溢れ出す思いに唇を噛み締めていた。
するとそれを見ていた真理子さんはふいに私の肩を抱きすくめた。
ユメちゃんが驚いて彼女の膝から飛び降り、少し離れた所からこちらの様子を窺っている。
「忘れなくてもいいって、先生が言ってました……。でも忘れていくんです。忘れたくないのに、少しずつ記憶が薄れて……」

弘人が亡くなってから、もうすぐ４ヶ月が経とうとしていた。

彼が生きていた頃、彼との思い出は日々増えるばかりだった。

些細《ささい》な事で笑い合ったり、喧嘩したり、その時はちゃんと覚えていたはずなのに、今となってはどうして笑ったのか、どうして喧嘩になったのか、思い出す事もできない。

「花音ちゃん、花音ちゃん！　仕方がないのよ、人は完璧じゃない。自分の意思ではどうにもならない事があるわ。限界があるの」

それはこの間先生に私が言った言葉と同じだった。

“お前は答えを知っている”

先生のあの言葉がふいに頭の中を過った。

「時間は誰にも止められない。生きている限り時は過ぎていくだけよ。でもね、花音ちゃん。だからこそ思い出は作られるの。過去の記憶は全て、かけがえのない時間が作ってくれたものなのよ」

私は真理子さんの腕の中で、そっと目を閉じた。

弘人との記憶が蘇ってくる。

移植に向けて、弘人の抗がん剤治療が再開し、ようやく回復の兆しが見え始めた頃だった。
「肺炎の可能性がある」と医師は診断を下した。
治療を始めてから間もなく、弘人は咳と高熱にうなされ続けた。
抗がん剤による副作用とも考えられていたが、そうではなく免疫力が低下し、それに伴う合併症（感染症）が起きてしまったのだ。
肺炎の場合、このまま抗がん剤治療を続ける事は困難だった。
もちろんそうなれば、移植もできなくなる。
肺炎が治った段階で、再度治療を始める以外に方法はなかったが、抗がん剤治療をやめれば、弘人の場合その間にも白血病細胞は急激に増殖する恐れがあった。
そして弘人の容態は急激に悪化していった。
その頃からだった。
弘人は高熱にうなされながら、見舞いにきた私にこんな事を尋ねるようになった。

「あの坂の桜はまだ咲いてないか？」
弘人の言うあの坂とは、弘人の家の前の長い坂の事だった。
そこには毎年、坂を埋め尽くす程の満開の桜が咲き乱れ、弘人は春になると毎年そこの桜を楽しみにしていたのだ。
「まだ、咲いてないよ。でも後1ヶ月もすれば咲くはずだから、頑張って治そうね！」

私はベッドに寝たきりの彼の手を取り、握りしめた。
咳き込む弘人の体をさすり、水が飲みたいと言えば、弘人の口元までストローを伸ばした。
彼の母は彼の病室の前でいつも泣いていた。
弘人には見られないようにと、彼の前では笑顔を絶やさなかったけれど、日に日に悪化する彼の容態を見て、彼の母もまた日に日に衰弱していくのが目に見えてわかった。
そしてその頃同時に、私までもが風邪を引き、彼を見舞ってやる事ができなくなってしまったのだ。
その間は毎日彼に励ましのメールを送り続け、1週間後再び彼の元を訪れた時、彼は私を見て、嬉しそうに微笑んだ。
「おかえり」と彼は言った。
私はその時思わず溢れてくる涙を止められなかった。
たった1週間だったにもかかわらず、彼はさらに痩せ細り、生きているのが精一杯というようにも見えた。
それでも彼は必死に病と闘っており、どんなに苦しくても私に笑顔を見せてくれる。
彼の“おかえり”は、彼が生きている最大の証《あかし》のように思えた。
私は泣きながら彼の細い体を抱きしめた。
彼が静かに私の頭を撫でてくれ、「本当に花音は泣き虫だなぁ」と笑ってくれた時、私は心にある事を誓っていた。
“彼の前で泣くのはこれで最後にしよう”
次泣く事があるとしたら、その時は弘人が退院し元気になった時の、嬉し涙にしようと心に誓った。

「真理子さん、みんなは私を可哀想《かわいそう》だって、そんな苦しむなって言うんです。確かに弘人がいないと寂しくて、逢いたくてたまらなくなります。でも、苦しいっていうのとは違うんです。だって弘人は今でもひょこって帰ってきそうな気がするから。……もしかしたらどこかで生きてるんじゃないかって。死んだんじゃなくて、隠れてるだけなんじゃないかって思っちゃうんです。私、待ってるんです。今でも彼の事」
真理子さんは腕を離し、心配そうに私の顔を覗き込んだ。
「……でも彼は亡くなったんでしょう?」
「わかってる、わかってるけど、頭が理解していても、心が見ない振りをするんです。それでも時間が解決してくれるんですか……?」
「花音ちゃんの心の時計は止まったままなのね。……そうね。でもね、花音ちゃん。花音ちゃんの時計は壊れてしまったわけではないの。ただ、電池が切れて動かなくなってしまっているだけ。生きていれば、いつかきっと花音ちゃんの心の時計に電池を入れてくれる人が現れるわ。そうしたらきっと針はまた動き出す。そのきっかけを待っていて。焦らなくていいのよ、これは花音ちゃん自身の人生なんだから。でももし立ち止まるなとか言う人がいたとしても、それはみんな、花音ちゃんを思っての事だから、憎んだりしてはだめよ」

真理子さんの言葉はとても温かかった。
人の生と死を目の当たりにしたことのある人だからこそ、その言葉は私の胸の中へとしみ込んでいったのかもしれない。

第6章

心の時計

phrase 7

唯からはあの日以来、メールも来なくなっていた。
当然なのだけれど、彼が今までどれだけからっぽになった私の心を埋めてくれていたのかと改めて思い知らされる。
私はその日、父の命日で仕事でお墓参りに行けない母の代わりに独りで墓を訪れた。

家に戻ると、カランコロンといつものように父の残した鐘が鳴った。
「ただいま」
中でレジを開け、今日の売り上げの集計を取っていた母が「おかえり」と返事をする。
私は店の中から、久しぶりに父の鐘をまじまじと眺めてみた。
年季の入ったアンティークゴールドのその鐘は、上の方に少しホコリがたまっていた。
父が亡くなった時、私はまだたった5歳で、ほとんどと言っていいほど父の記憶は残っていなかった。
父の顔は古いアルバムの中で見る事はできるけれど、それは置き換えられた記憶のように現実味のない、写真のように薄っぺらいものだった。

父は末期の膵臓《すいぞう》がんで、見つかった時にはすでに手遅れになっており、母が医師から告げられた余命はわずか半年だった。
母からは一本気で頑固、そして大事な事程口に出さないくせに、どこか憎めない人だったと聞いている。
余命を告げられた時も、父は黙り込んだまま、何も口にしなかったという。
「何見てるの？」
母が私の背中に向かって尋ねた。
「……この鐘、いつお父さんから渡されたの？」
すると母は一度顔をあげ、ちらりとこっちを見やったあと、再びお札を数えながら、
「ああ、それね。お父さんが余命宣告を受けて間もなくの事だったわよ」
と教えてくれた。
「……あれ、お父さんがそれ買ってきた時、花音も一緒だったんじゃなかったかしら？」
私はその言葉に思わず振り返り、母を見やった。
「え？　私が？」
「そうだったわよ。覚えてないの？」
私は一度覚えている限りの過去の記憶を遡ってみてから、肩を落として首を振った。
「まあ花音もまだ小さかったもの、仕方ないわね。その鐘をお店で初めに見つけたのはお父さんじゃなくて、花音だ

ったのよ」
それは初めて耳にする話だった。
「お店で使ってた掛け時計が壊れちゃってね、お父さんが一緒に花音を時計屋さんに連れて行ったのよ。その時計屋さんの扉にこの鐘がついていたらしいんだけど、花音が気に入っちゃって、お父さんが時計屋さんに頼み込んで譲ってもらってきたんですって」
「……そんな事あったんだ」
やはりもう私の記憶の中では思い出す事はできなかった。
「お父さんね、その鐘を店のドアに取り付けながら、独り言みたいに私に言ったの。“花音はこの鐘の音を聞いて、これからも僕の事を思い出してくれるだろうか”って」
ふと、幼い頃のかろうじて覚えている父の記憶が蘇ってくる。
記憶の中の父はいつも店の厨房に立っており、細長いコックさんの帽子をかぶっていた。
父は私が厨房に入ってくると、危ないよ、と母に私を連れ出させる事もあったけれど、時々手を止めて、「さて、どのくらい大きくなったかな」と私を抱き上げ、肩車をしてくれた。
「……ねえ、お母さん。お母さんはどうやってお父さんの死を乗り越えたの？」
今までこんな風に母に聞いてみた事は一度もなかった。
父がいないことは、私の中でいつの間にか当たり前の事になっていたからだ。
するとレジをガチャンと閉める音が聞こえ、それから母は私の隣にやって来て私と同じように父の鐘を見つめた。
「乗り越えたっていうよりは、乗り越えざるを得なかったって感じね」
と母は言った。
「どうして？」
私は母の横顔を見やった。
「だって花音がいたし、店も閉じるわけにはいなかったから」
母の目尻に刻まれた数本のしわが、父の死を懐かしむように細くたれている。
「……辛くなかった？」
「そりゃ辛くなかったって言ったら嘘になるけど、でも私はラッキーだったのよ」
「どういうこと？」
「普通何かを失うと、人は喪失感を抱えてなかなか立ち上がる事ができなくなるものよ。それが大切であればあるほどね。でも私にはそれを嘆いて立ち止まっている時間がなかったの。それがかえって良かったのね。だって花音や店があったおかげで、私は前に進みだせたんだから」
母はいつもどっしりと構えており、私はそれを尊敬し、うらやましくも思った。
母がそんな風に強い女性になったのはやはり、父の死を乗り越えてこそなのだろう。
「私にも何かあるかな……」
私はぽつりと呟いた。
すると母は、
「何か没頭できるものを見つけなさい。そうすればそれがきっかけになってくれるはずよ」
と私の肩にそっと手を置いた。
「没頭？」
「そう。何か将来の夢だったり、目標を見つけるの。……でもそうね、私も花音くらいの年の頃に将来の事なんて何にも考えてなかったわ。夢もなかったし。あなたくらい若いうちに自分の夢が明確にある方が珍しいわ」
「……じゃあどうすればいいの？」
母はもしかしたら、私がこう尋ねてくる日をずっと待っていたのかもしれない。
「……なぜ学校に行くのかわかる？」
母はさっきまでよりも落ち着いた口調でそう訊いてきた。
私はよくわからずに首をかしげた。
「学校はね、もちろんお友達作りや勉強も大事だけれど、私は自分の夢を探すために行くんだって思うの。色んな人と出会って、色んな人の価値観を知って、自分の得意な分野や、好きな事、やりたい事を見つけるの。もし花音がいつかやりたい事を見つけた時に、学歴の問題でその仕事ができないなんて場合もあるかもしれない。もちろん学歴なんて関係ない事も沢山あるわよ？　例えばこのケーキ屋とかね？　でも自分のやりたい事が明確に決まるまでは、将来できるだけ多くの選択肢を選べるように、今は学校に行くのが一番なんじゃないかと思う」
母は弘人が死んでから学校へ行かなくなった私に今まで何も言わなかった。
きっと本心はずっとこう言いたかったのだろう。
「でも私もう……」
私はもう４ヶ月近くも学校を休んでいる。
もし戻れたとしても留年になってしまうかもしれなかった。
中退する事も考えていたけれど、母に言いだせず今日まで来てしまったのだ。
けれど戻る事は不可能だと思っていた。
学校に行く事を考えるだけで動悸《どうき》がしたし、弘人のいない教室を見るのが怖かった。
いつの間にか私にとって学校は、友達より、勉強より、何より弘人に逢える場所になっていたのだ。
「行きたくないの？」
「……弘人がいないんだもん」
そう俯く私に、母はハアとため息をついてから、
「ねえ花音、今の花音を弘人くんはどう思ってるかな？
弘人くんはどんなに辛くてもいつも諦めなかったんでしょ？　今こうやって色んな事を投げ出そうとしてる花音を見て悲しんでるんじゃないかしら」

母にそう言われてから、私は部屋に戻りベッドに腰掛けて弘人の部屋から持ってきた写真立てを眺めていた。
桜の下で嬉しそうに微笑む去年の私と弘人。
どうにかしてこの頃に戻れないだろうかと何度も考えた。
タイムマシーンの存在を本気で期待した。
でも無理だった。
時間は無情にも過ぎていき、過ぎていけばいくほど彼の記憶はどんどん置きかえられていく。
場面と言葉が一致しなくなってくる。
手のぬくもりや、肌の感触、彼の声。
それらがだんだん思い出せなくなってくる。
……けれど最後の彼の言葉は、
今でも胸にしっかりと残っていた。

phrase 2

４月の初め、とても風の強い日の夜だった。
新学期が始まる前の春休み。
私は昼間から彼に逢いに行き、また明日来るね。と言って病院を後にした。
その日はとても風が強く、駅から自転車で走っていると向かい風に押し戻されそうになった。
まるでまだ帰っちゃダメだと引き止められているかのように。
なんとか家に戻り、晩ご飯を母と一緒に食べ、部屋に戻ると彼からメールが届いていた。

件名：明日も来る？
あの坂の桜はそろそろ見頃になってきたかな？
この調子だと見に行けないだろうな。
その時は花音が写真撮ってきてくれよな。　　弘人

時間を見てみると、どうやら私がまだ帰ってくる途中に送っていたようだった。
私はパソコンの前に腰かけ、返信を打った。

件名：RE 明日もくる？
もちろん行くに決まってるじゃん！
弘人が入院している間は、もう二度と風邪は引かないって
決めてるし、毎日イソジンでうがいしてるもん！
まだ坂の桜は三分咲きってところかな？
満開になったら写真見せるよ！
でも本当は一緒に見に来れるといいなぁ。

メールを送信し、私はお風呂に入ってこようかと迷いつつ、
ベッドの上で仰向けに寝転びながら昔読んだ雑誌を読み返
していた。
ふいにケータイから着信音が響き始め、私は雑誌を胸の上
に置いてから枕元で充電していたそれを手に取った。
弘人の母親からだった。
その瞬間、体中の血の気が引いていった。
ものすごく嫌な予感がしたのだ。
必死に私が考えているものとは何か別の事柄である事を祈
った。
何か忘れ物だとか、弘人とは全く関係のない私への用事と
か、そういう用件である事を祈りながら、私は震える手で
通話ボタンを押した。

『弘人の容態が急変したの。今すぐきてほしい』

私は母に車を出してもらい、急いで病院へ引き返した。
病室の前で彼の母が私を見つけて駆け寄ってくるのが見えた。
「弘人は!?」
「今人工呼吸器をつけて少し落ち着いてる。でも……」
と彼の母の目にみるみる涙が溢れて浮かんでいった。
私は呆然とそれ眺めている。
「……今夜がヤマだろうって」
目の前が真っ白になった。
その言葉の意味を自分が理解できているのかさえわからなかった。
それでも心臓は鼓動を加速させ、体は震えている。
私は何も返す言葉もなく、静かに彼の病室の扉をあけた。
彼がベッドの上に横たわっている。
中にいた医師が私に気づき、静かに頭を下げた。
ピッピッピッピと心拍数を計る機械音が部屋に響いている。
彼の口元には呼吸器が装着され、彼は目をつぶって眠っているようだった。
「今は落ち着いてます。ただ今夜乗り切れるかどうか……」
私はその医師の言葉にも何も返事をする事ができなかった。
医師は再び私に向かって小さく頭を下げると、部屋から出て行った。
私は眠る弘人の手にそっと触れてみる。
彼の手は温かかった。

布団の胸の辺りがゆっくりと上下しているのもわかる。
「なんだ……、大丈夫じゃん」
私はぽつりと呟いた。
私はイスに腰かけて、弘人が起きるまで待つ事にした。
彼の母が病室の外で医師と話しているのがかすかに聞こえる。
何を話しているのかまでは聞き取れなかったけれど、たまに取り乱した彼の母の声が廊下に響いていた。
１時間ほど経った頃、掛け時計を見ると夜11時を回った頃だった。
彼の指先がぴくりと動き、私は思わず彼の顔を覗き込んだ。
彼のまつげがかすかに痙攣《けいれん》していた。
「……弘人？」
私がそう声をかけると、うっすらと彼の瞳が光をとらえた。
「……弘人？　起きた？」
彼はしばらくぼんやりと天井を眺めた後、
「……いま…なん……じ？」
呼吸器をしているせいで、話しづらそうにそう尋ねてきた。
「今？　今11時だよ。大丈夫？　苦しい？」
「……これ外…して」
「で、でも先生に言わなきゃ……ちょっと待って、先生とお母さん呼んでくるから！」
そう言ってその場離れようとした時、ふいに彼の力ない腕が私の手首を掴んだ。

私は思わず振り返り、足を止めた。
「……ここにいて」
私は仕方なくまたイスに腰を下ろし、できるだけ彼の声が聞こえるように顔を近づけた。
「……本当に大丈夫？」
彼は静かに頷いた。
彼は私の手首を離さずに掴んだままだった。
「……かの…ん。きい……て」
「うん？　なに？」
「……俺……、死なな…い…から」
「うん、わかってる。わかってるよ」
「……心配……すんな…」
「うん、大丈夫。わかってるって」
すると彼は少し安心したように微笑んだようにみえた。
「……かの…ん、桜……咲いたんだ」
「え？」
「さっき…そこの…窓から……」
彼は私の手を掴んでいるのと逆の手を静かに持ち上げ、窓の外を指差した。
私は立ち上がり、そっと窓から外を見やった。
けれどすでに外は暗くて、ここからではよく見えなかった。
「暗くてよく見えないから明日見てみるね」
「……あの坂…を……また…花音を…うしろ…にのっけて……走れたら……気持ちいい…だろうな」

「そうだよ、絶対約束守ってよね！」
すると彼はふっと声を漏らし、目を細めて笑った。
その途端咳き込み始めた彼を、私は体をさすり続けることしかできなかった。
「大丈夫？」
「……うん……ごめん」
「謝らなくて良いよ」
「ごめん……花音……」
「何が？　何に謝ってるの？」
「……大丈…夫だから」
「え？　何が？」
私はわけがわからず混乱していた。
「……ちょっと…だけ……寝ても…いい？」
彼はそう言って疲れたように目を瞑った。
「え……うん、いいよ」
「……また…すぐ……起きる…から……」
彼は目を閉じたまま、うわ言のようにそう呟いた。
「うん。待ってる」
彼がまた眠りに落ちていくのを見届けてから、私は彼の母を呼びにいった。
けれどそのまま、彼が起きる事はなかった。

翌朝、彼の死亡が確認され、彼にすがって泣き叫ぶ彼の母を横目に、私はぼんやりと窓の外を眺めていた。

朝日に照らされ、青白く輝く空の下、病院の中庭に植えられた木に、咲き始めの桜の花が咲いていた。

phrase 3

「明日地方大会決勝戦、よかったら花音も見に来てよ！」
７月の終わり、うちの高校野球部がついに地方大会の決勝まで勝ち進んだことに紗季は大興奮しながら、電話をよこしてきた。
なぜだかそう聞いても、この間感じたプレッシャーのようなものは感じなかった。純粋に彼らの勝利を願っている自分に少し驚く。
「行けたら行くよ」
私はそう彼女に伝えて電話を切った。
私は頭の中で、元気だった頃毎日部活に明け暮れていた彼の事を思った。

グラウンドから聞こえる野球部のかけ声、泥だらけのユニホーム、使い込み、すり切れたグローブ、太陽に照らされきらめく額の汗、グラウンドに立った時の真剣な眼差し。
グラウンドの網越しから野球部の練習を眺める時、私はいつも彼ばかりを目で追っていた。
彼の投げたボールの行方より、それを眺める彼の姿を見ていたかったし、彼がベンチにいる時は、試合の行方よりもベンチで部員と話す彼の姿を見つめていたかった。

私にはいつも誰よりも、何よりも彼が輝いて見えた。
彼はどんな時でも私の心の真ん中に君臨し、それは誰にも何にも埋める事のできないものだった。
―――彼に逢いたくなった。

私はパソコンを開き、メール画面を開いた。
唯からの何十通のメールをスクロールしていき、過去へ遡っていく。
“佐久間弘人”の名前を見つけた時、私の心はひどく緊張していた。
彼が死んでから彼からのメールは一度も読み返していなかった。
入院してから彼からのメールはパソコンに届いていた。
なぜだか私の携帯はパソコンからのメールが届かないようにロックされていて、その解除の仕方がわからなかったのだ。
一度深呼吸してから、
思い切って私は12月28日に届いた彼からのメールを開いた。

件名：無題
暇だー。暇すぎる。
まだ入院したばっかりだけどさ、先が見えないと本当に1日が長いんだ。

何月何日に退院できるってわかってれば少しは違うんだろうけど。
なあ、花音。今年初詣に行ったら俺の事願ってくれよな。
弘人

1月1日
件名：今日さ
昼に雑煮が出たんだ。
それがひどいったらなんの。
どっろどろの餅なんだぜ？
あー、母ちゃんの雑煮食いたい。
そういえば花音の家の雑煮って味噌《みそ》？
俺ん家は白味噌なんだ。　　弘人

1月5日
件名：無題
さっきはサンキュウな。
毎日来てくれて感謝してる。
無菌室ってたまに動物園の檻《おり》の中みたいな気持ちになる。
花音のほっぺたつねりたい！笑　　弘人

1月12日
件名：無菌室脱出！
今日白血球の値が急に伸びて無菌室脱出した！

早く来いよ！
久しぶりに花音に触りたい。
……べつにエロい事考えてねーし笑　　弘人

1月20日
件名：無題
やっと1クール終わったってのに、
さっそく無菌室逆戻り。
まあ今が一番危険なんだとさ。
しかたねえから、1日中ゲームしてるよ。
でもリアルに野球してえな。
腕がなまってないか心配なんだ。　　弘人

2月1日
件名：よっしゃ！
再び一般病棟なう！
今4人部屋なんだけどさ、
入院してすぐ知り合ったやつと同じ部屋で超楽しい！
でもうるさいって怒られた。
同じ病気だから、色々話聞けるし、共感できるし、
本当に救われるんだ。　　弘人

2月5日
件名：今日からまた

今日から２クール目！
マルクは相変わらず痛えわ。
でも花音だったら泣きわめくんだろうなって思うとちょっと笑える。
だから、お前じゃなくて俺で良かった。
本当だぜ？　　弘人

２月14日
件名：:)
バレンタインなんてすっかり忘れてたよ！
チョコサンキューな！
市販でも嬉しいっす！
手作りだと色々問題あるみたいだから今は我慢だな！
弘人

２月20日
件名：またまた
無菌室！
あー相変わらずここは暇だな。笑
面会も制限あるしさ、本当早く出たい。　　弘人

２月28日
件名：無題
今年は28日までか。

2月ってあっという間に過ぎてくな。
……人ってなんでいつか死ぬのに生まれるんだろう。
弘人

3月5日
件名：無題
ドナー見つかったっつうのに、
孝弘さんが亡くなってから何かだめだなー。
調子狂うわ。
でも絶対死なねえ。絶対。　　弘人

3月20日
件名：今日から
また抗がん剤治療。
これで白血球の値がほぼ0まで下がれば移植できる。
花音、毎日病院きてくれて嬉しいけど、あんまり無理すんなよ。
また風邪引いてもしらねえぞ？　　弘人

3月27日
件名：無題
なんでこんなタイミングで肺炎なんか……。
くそ……、でも絶対治して移植するから。

お前は何も心配するなよ。　　弘人

懐かしい感覚が蘇ってくるようだった。
こうして読み返していると、彼がまだ病院にいるのではないかと錯覚しそうになる。
そして彼に逢いたい気持ちはより一層増すばかりだった。
メールを全て読み返し、一覧に戻ると１件の新着メールが届いている事に気がついた。

“未読メール１件　島岡　唯”

私は思わず目を見張った。
もう二度と彼からメールが届く事はないと思っていたからだ。
けれどメールを開くのには少し勇気が必要だった。
どんな言葉が書いてあるのだろう。
怒りのメールかもしれないし、それこそもうこれきりだ、という内容かもしれない。
タイトルはなく、中身の予測はできなかった。
私は意を決し、メールを開く事にした。

件名：無題
このメールは花音ちゃんに届くんだよな。
……この間はごめん。ちょっと言い過ぎた。

花音ちゃんがどうしてこんな事したのか、ちゃんと聞きもしないで、一方的に怒ってしまった。
花音ちゃんは理由もなしに、こんな事するやつじゃないって俺は信じてるよ。
だから話を聞きたいんだ。
それから弘人の事も。
できれば今日の夜、会えないかな？
無理にとは言わないよ。ただ、会えれば嬉しい。　　唯

なぜ彼はこんなにも優しいのだろう。
どんなに傷つけられようとも、相手を受け入れようとしてくれる。
裏切られてもなお、未だに信じていると言葉をかけてくれる。
“彼は優しすぎるのよ”
と呟いた真理子さんの顔がふいに脳裏に浮かんだ。
けれど彼のそのメールは、罵られ、罵声を浴びせられるよりも、ずっと心に痛みをもたらした。

件名：ごめんなさい
唯くん、本当にごめんなさい。
全部全部私が悪いです。
今日もし少し話せるなら、私もちゃんと会って謝りたい。
花音

phrase 4

薄暗く日の陰ってゆく夜の始まりの中、視界にとらえた建物や人々が次々と窓の外に流れていく。
時おりガタガタと揺れる永山駅行きのバスの中、私は一番後ろの後部座席に座り、窓の外を眺めていた。
このバスに最後に乗ったのは、彼が亡くなる前日の事。
それまでは毎日このバスに乗り、彼の病院のある駅まで向かっていた。
１月から半年分買っていたバスの定期券は、先月末ですでに有効期限がきれていた。
唯が会うのに指定したのは永山駅前のカフェだった。
それは真理子さんが以前勤めていたカフェであり、先生と真理子さんが出会った場所であり、唯と真理子さんが出会った場所だ。
バスはいくつかの停留所で人を乗せたり、降ろしたりしながらゆっくりと進んでいく。
見覚えのあるマンションを通り過ぎ、いつも混んでいるガソリンスタンド、コンビニの前でたむろするガテン系の男達の前を走り去る。

徐々に駅が近づいてくるにつれ、私の鼓動は加速していき、同時に息をするのも苦しくなる。
私は着ていたTシャツの胸の辺りをぐっと掴んでどうにかこらえていた。
それから大きなボーリングの球がそびえ立つ近未来的な建物を通り過ぎると、ようやくあの駅が見えてくる。
バスを降りた頃には日はすっかり落ちており、外は夏の夜のにおいがした。

「花音ちゃん」
雑踏の中確かに聞こえたその声に、私は辺りを振り返ってみたけれど、人ごみでその声のした場所を特定するのは難しかった。
「花音ちゃん、こっち」
すれ違う人々に時おり見え隠れしながら、唯がこちらに向けて手を振っていた。
彼の服装は初めてうちのケーキ屋にきた時と同じだった。
私は人の間を抜けながら、唯のそばに駆け寄っていった。
「カフェ、こっちだよ」
「あ、うん」
私たちはそれきり何も言葉を交わさずに、私は彼の後について歩いていった。
駅前というだけあって、間もなくついたそのカフェは、今真理子さんのいる系列のカフェとは違ってモダンというよりはもっとアットホームな感じの雰囲気だった。

中に入ると、よく冷房の効いた店内に2、3人のサラリーマンらしき客がコーヒーを飲んでいる。
愛想のいい三十代後半くらいのお姉さんに誘導され、私たちはまだ誰もないテーブル席の一番奥に腰をかけた。
唯は机に置いてあったメニュー表を何気なく私の方に向け、逆さまになったメニュー表を一緒に眺めていた。
「私、カフェラテにしようかな」
「じゃあ俺もそうしよう」
すみません、と彼が手を上げると、もう1人いた店員さんがすぐハンディーを持ってやって来た。
「カフェラテを2つ。あと今日のシフォンケーキはなんですか？」
「今日は紅茶のシフォンになります」
「じゃあそれも2つ」
彼は慣れたように注文を終えると、メニューを店員さんに預けた。
「ここのシフォンケーキ、おいしいですよね」
「あ、花音ちゃんも食べた事あるの？」
そう聞かれて少し戸惑ったものの、「真理子さんのおごりで」と正直に打ち明けた。
もうこれ以上唯に嘘はつきたくなかった。
「ああ、そっか。そうなんだ。……ていうかさ」
「はい？」
「敬語やめようよ。メールみたいにもう少しフランクに話して」
彼がそれを嫌みで言ったわけではないことはわかっていた。
けれどやはり、申し訳ない気持ちが溢れてくる。
「あの……、本当にごめんなさい。メール、弘人の振りして送った事、本当に申し訳ないって思ってて……」
「うん、いいよもう。俺こそあんな風に怒って悪かった」
「唯さんは謝る事なんて何もないです。全部私が悪かったんです」
私は手を膝において深く頭を下げた。
「……唯」
「え？」
「唯でいいよ。メールではそうやって呼んでくれてたでしょ」
思わず顔をあげると、唯は優しい目で私を見つめていた。
ぎゅっと胸が痛んだ。
「……唯。本当にごめんなさい」
「いいんだ、もう本当に。花音ちゃんも辛かったろ？　弘人が……亡くなってさ」
その言葉に私は口をつぐんだ。
唯の言葉の語尾があまりにも弱々しいことで、唯もまた彼の死を受け入れきれたわけではないのだろうと確信した。
黙ったまま何も返せずにいると、
「弘人はいつ亡くなったんだ？」
と唯は尋ねてきた。

「４月初めに……」
「肺炎になったところまでは聞いてたんだ。……弘人、最後はどんなだった？　少しは苦しまずにいけたのか？」
唯と弘人の接点はメール以外にほとんどなく、私以外に共通する友人もいないのだ。弘人の最期を知るには私に聞く以外方法はない。
「……肺炎になって、それから容態が急変したんです。最後は少しだけ休むって……、そう言って眠ったまま……」
「……そっか」
彼はそれを聞いて、しばらくの間何かを考え込むような目で視線を落とし、テーブルを見つめていた。
「お待たせいたしました。こちらカフェラテと紅茶のシフォンケーキになります」
沈黙を破るように店員がおぼんにそれらを乗せてやってきた。
私たちは店員さんの一部始終を見やりながら、頭の中では何から話そうかと考えている。
店員さんがごゆっくりどうぞ、と戻っていく背中を少しの間追いかけてから目を戻すと唯とふいに目が合った。
「……じゃとりあえず食べよっか」
と唯は言った。
「そうだね、いただきます」
「いただきます」
一口口に入れた時、私はこの間真理子さんからごちそうしてもらったものとは少し味が違うな、と思った。
なんというか、真理子さんの店のものの方がもっとしっとりとしていて紅茶の香りがふわっと鼻に抜けていくような感じだった。
これも不味《まず》いわけではないけれど、紅茶の風味が薄く、生地も少しパサパサした感じだ。
「……真理子がいた頃の方が旨かったな」
突然そう呟いた唯に、私はハッとして顔をあげた。
まるで同じ事を考えていた事に驚いて、「私もそう思った」と相づちを打ってみせると、唯はふっと笑顔を覗かせた。
「ちなみに俺はここのバナナのシフォンケーキが一番好きなんだ」
「私、まだそれは食べた事ない」
「そうなんだ？　じゃあ今度真理子の所に行った時に食べてみな。すごく美味しいから」
彼があまりにも自然に彼女の名前を口にする事に、私は少し違和感を覚えた。ふっきれたのか、はたまた、未練からなのか私にはわからない。
「……もう本当に連絡とってないの？　その……真理子さんとは」
私はそう聞いてみた。
「え、ああ。うん。とってないよ。彼女が幸せでいてくれるならそれでいい」

「……優しいんだね」
「そうかな？　別に普通だよ」
唯は何とも思っていないようにケーキを食べ進めている。
「……どうしてそんなに聞き分けがいいの？」
私はフォークを止め、唯の顔を見やった。
唯は目をぱちくりさせて不思議そうに私を見返している。
「聞き分けがいいって、俺が？」
「そう……いつも許してくれる。自分が傷ついても全然構わないって顔して」
「まあ……、誰か傷つけるより、自分が傷つく方が楽なだけなんだよ」
「でも……真理子さんが言ってた。もっと強引に引き止めてくれても良かったって」
「……真理子が？」
彼はようやく手を止めて、少し疑わしいような表情で私を見やった。
このことを唯に言うべきではなかったのかもしれない。
なぜ私はこんな事を彼に言ってしまったのだろう。
こんな風に過去を置いて進みだしている彼の言動がうらやましい反面、もっと人間らしく完璧じゃない彼を見てみたかったのかもしれない。
私が頷くと、彼はしばらく固まっていたけれど、すぐに思い直したように言った。
「でも真理子は、俺がそういう事できないってわかってて言ったんだよ」
真理子さんが言っていたのと同じだった。
本当は、彼は始めから全てわかっていたのかもしれない。
彼女が自分に振り向く事はないと。
わかっていた上で彼女がいつか先生と結婚できるようになるまで支えようとしていたのだろうか。
そして万が一彼女が独りになってしまった時は、彼は喜んで受け皿になろうとしていたのだろうか。
「真理子の旦那もさ、本当は全部知ってたんだ」
私はえっ!?と思わず声を張り上げた。
「どういうこと?」
「……真理子の旦那からメールが来たんだ」
「なんて?」
「今まで真理子がお世話になりましたってさ。多分真理子が旦那に話したんだろう。でも旦那さんはずっと気づいてたって。でも僕にはそれを怒る資格も今までなかったし、僕が寝たきりの妻に逢いにいく時に真理子はいつも嫌な顔せずそばにいてくれて、それができたもの君が真理子の心の隙間を埋めてくれていたからだろうって。だから感謝しているってさ。普通なら嫌みかって思うところなんだろうけどさ、なんか全然そんな感じじゃなくて、ああ、この人はいい人間なんだなって直感したんだ。だから真理子がその人を選んだなら、それはきっと間違いじゃないんだろうって思う事ができた。だからさ、俺本当に何も後悔なんかしてないよ」
唯はとても清々《すがすが》しい表情でそう語った。
けれど私にはそれが理解できなかった。
「どうしてそんなに強いの？」
「俺が？　別に強くないよ」
「強いよ。すごく強いからこそ優しい。そうでしょ？」
「……じゃあ花音ちゃんは弱いの？」
「え？」
私は戸惑った。
「弱いの？」
「私は……多分弱い」
「じゃあ花音ちゃんは優しくないの？」
そう言われても自分で判断する事は難しかった。
けれど私はいつも自分の事ばかり考えていたのかもしれない。
「もしかしたら……そうなのかな」
「そんなことねーだろ。花音ちゃんは優しい。俺はそう思う」
「でも……」
私は彼にそんな風に言ってもらえるような立場ではないはずだ。
彼を傷つけてしまったのだから。
「強いか弱いかってのはよくわからないけれど、要はみんな自分が生きやすいように生きてるだけなんだよ。人に優しくしている方が楽なだけ。そんなかっこいいもんじゃない」
「でも私は救われた。きっと真理子さんだってそう」
「……俺は花音ちゃんの何を救ったの？」
「それは……」
彼はフォークを止めて、じっと私を見やった。
「……ねえ花音ちゃん。どうしてあんな事したの？」
弘人の四十九日だったあの日、私は弘人のパソコンから唯のアドレスを抜き取った。
あの時の行動は本当に衝動的なもので、今更理由付けするのは難しかった。
ただ、唯とメールのやりとりをしているうちに、私は唯の中で弘人がまだ生きている事が嬉しくてたまらなかった。
本当にまだ生きているような気になる瞬間もあったし、その瞬間は私にとって久しぶりに感じる事のできた幸福だった。
黙っている私を見て、彼は一度混み合ってきた店内をキョロキョロと見渡し、
「ここじゃやっぱり話しづらいか。食べ終わったらちょっと場所変えようか」
としばらく沈黙のままお互いにケーキとカフェラテを飲み終え、唯が会計を済ませてくれると、私を外に連れ出した。

彼は人気のない駅の裏側にあるベンチに私を座らせると、

彼は一度どこかに行き、近くの自動販売機にお茶を2つ買ってきて片方を私に手渡してから隣に腰をかけた。
「大丈夫？」
私はそこで深呼吸をして、言わなければならない事を話し始めた。
「弘人が……生きているような気になれたの。唯とメールしてると、唯の中で確かに弘人はまだ生きていて、そう思うと嬉しかった」
私は手の中のペットボトルを見つめていた。
彼はそれを黙ったまま聞いている。
「みんなが私を可哀想だって言う度に、私は彼からどんどん離れていくような気がしてたの。過去になっていつか忘れてしまう時がくるんじゃないかって思ったら怖くて、前に進む事をやめた。学校も、夢も、未来も、全部」
「……花音ちゃんはそのままでいいと思ってるの？」
「わからない。でも踏み出す勇気が持てない」
「でも俺は、今の花音ちゃんの事、弘人がよく思ってるとは思えない」
彼はきっぱりと、けれど突き放すような感じではなく、諭すようにそう言った。
「……でも、弘人は私と別れようと思ってたんだよね？」
「え？」
「唯がメールで言ってた。“この間お前が別れようと思ってるって話してたから、気にしてたんだ”って」

「あ……そうか。あの時メールしてたのも花音ちゃんだったんだな」
唯は一瞬困ったように眉をひそめて、眼鏡をあげる仕草をした。
私はずっとこの事を知りたかった。
いつから彼はそんな事を考えていたのか、私は彼に何をしてしまったのか、そしてどうしてそれを私に言ってくれなかったのか。
「……あいつ自信なかったんだよ」
「自信？　なんの？」
「いつも言ってた。治療が相当きついって」
私は思わず目を見開いて唯を見やった。
弘人がそんな事を口にするなんて信じる事ができなかったのだ。
なぜなら毎日病院に通っていた私には、そんな事は一切言ってこなかった。
本当は辛いのはわかっていた。
けれどそれを誰かに口にするなんてとても信じがたかった。
「うそ……」
「本当なんだ。そう見えなかったろ？」
私は頷いた。
「花音ちゃんにはそういうところ見せたくないって言ってたよ。すごく心配するだろうからって。でも……」
「でも？」

私は答えを急かすように彼の言葉を繰り返した。
「花音ちゃんが怒らなくなったって言ってた。入院する前はいつもすぐ怒って、泣いて、喧嘩してたんだろ？　でもあいつはそれが花音ちゃんらしくて好きだったんだって。だけど入院してから毎日甲斐甲斐《かいがい》しく病院にきてくれて、いつも優しくて、ちゃんと笑えてないのにいつも笑顔だったって。それが嫌でできる限り心配しないように花音ちゃんの前では元気に振る舞ってたみたいだけどさ、そうしてるうちにあいつ自信なくなったんだ。花音ちゃんに無理させてるだけなんじゃないかって」
「無理なんて……」
手や足が震えていた。
最近誰かから言葉を貰う度、この体の震えは必死に何かを守り、耐えしのごうとしているようにだった。
一体何を守ろうとしているのか、自分でもよくわからない。
「でもあいつにはそう見えてたんだよ」
「……でも、じゃあどうして私に直接言ってくれなかったの？　別れたいって思ってる事……」
もし理由を聞いていたら、私はもっと上手くやれたんじゃないかと思ってしまう。彼の求める私に戻る努力をできたんじゃないだろうかと。
「……そんなの一つしかないだろ？」
私はその答えを求めるように恐る恐る唯の顔を見つめた。

「花音ちゃんの事が本当に大好きだったんだよ」

────過去達が蘇ってくる。

彼の自転車の後ろに乗って走った帰り道。
夕暮れの教室。
彼のくれたホットミルクティー。
グラウンドに立つ彼の眼差し。
川の中から叫んだ彼の告白。
２人で撮った桜坂の写真。

「好きだからこそ言えなかった。言わなきゃって思いながら、花音ちゃんが見舞いに来る度に、あいつは病気に立ち向かう勇気を貰ってたんだ。……白血病なんて本当は不安だったに決まってるだろ？　でも花音ちゃんがいたから、あいつは笑っていられたんだ。無理してまで花音ちゃんの前で元気な振りしてたって、……いつも救われてたのはあいつの方だったんだよ」

何かが私の中で音を立てて溢れ出していた。
心が壊れたのか、それとも心が解き放たれたのか。
私は深く息を吸って、吐いた。
自分を落ち着かせるため、一度目を閉じてみた。
奥歯を強く噛み締めてみた。

何も考えないように頭の中を無にしてみようともした。
……けれどダメだった。

膝の上で強く握りしめていた拳の上に、ふいに生暖かいものがポタリと一粒落ちてきた。

それから次々と溢れてくるそれは、彼の入院中、風邪を引き１週間見舞いにいく事のできなかった私に、彼が“おかえり”と声をかけてくれた時、もう二度と泣かないと決めたあの時から、今まで一度も溢れる事のなかった涙だった。
私は涙を必死に拭ってみたけれど、それは焼け石に水をやるようなもので、ほとんど意味がなかった。

「誤解させて悪かった。でもあいつ最後まで別れようって言わなかったんだろ？」
私は力なく頷いた。
「なら、それが答えだよ」
私はついに両手で顔を覆った。
涙は心が壊れたみたいに溢れ出し、心が解放されたように止まらなかった。
時折前を行く人たちが驚いて怪訝そうにこちらを見やっているのもわかっていたけれど、止められなかった。
けれど、もうそれを拭ってくれる弘人はいない。
泣き虫だなぁ、と困ったように笑ってくれる彼はもうどこにもいないのだ。

「大丈夫？」
私の背中をとんとんと優しく叩きながら、唯は私の顔を覗き込んだ。
「……過去は本当にあったのかな……」
私は震える声で呟いた。
「どういうこと……？」
「過去は、過ぎてしまったらもう幻と同じようなものでしょ……。全部夢だったんじゃないかって怖くなるの……。夢はいつの間にか記憶の中から薄れて消えていくから、私必死で……必死で忘れないようにって……」
「違うよ、過去は現実だ。夢じゃない」
「……でも過去も夢も、二度と手に届かない」
「どうして……そう言いきれる？　人は亡くなったらそれで終わりなのか？」
終わりという言葉はあまり好きではない。
すべてが悲しく響くから。
「……だってもう弘人は帰ってこない…」
「違うよ、花音ちゃん。今でも弘人は俺らの中に生きてるだろ？　俺らが忘れない限りずっと生きてる」
「もしも忘れてしまったら？」
「人は簡単に過去を忘れる事はできないよ。花音ちゃん、どうして人は死んでなくなってしまうのに、残された人の記憶の中に残るんだろうね」
私はぼやける視界のなかで唯の横顔を見つめた。

「……俺は思うんだよ。逢えなくても残された人間が寂しくないように、記憶の中に残るんだ。それはきっと生きていれば永遠に続くものだ。だから寂しいのとは違うんだ。触れられないし、キスもできないし、抱きしめ合う事ももうできないかもしれないけど、感じる事はできる。いつだってどんな時だって、目を閉じればいつでも逢える」

“目を閉じればいつでも逢える”

胸の中でその言葉が何度も響いていた。

「だけど弘人の全てを覚えておく必要はないんだ。自分の中で大切な瞬間、瞬間を切り取って胸にしまっておけばいい。一つ一つの台詞《せりふ》や、表情まで覚えておく事なんて不可能なんだよ。もし可能だとしても、その事で頭がいっぱいになって前に進む事ができなくなってしまうよ。今の花音ちゃんはまさにその状態に見える。前に進めと強制するつもりはないよ。花音ちゃんの人生だから、花音ちゃんの生きやすいように生きればいい。だけど俺には今の花音ちゃんが生きやすそうには到底思えない。苦しんでいるようにしか思えないんだ」

私は今彼が亡くなってから初めて苦しいという感情が当てはまっているような気がしていた。
「弘人はそれで……、悲しまないかな？」
「どういうこと？」
「私だけ生きて、前に進んでいく事で彼は寂しい思いをしないのかな……」
すると彼は徐ろにバッグの中をまさぐり始め、それからクリアファイルに入れられた一枚の紙を私の前に差し出した。
「……なに？」
「これ、弘人からのメール」
「本当は今日は、これを渡すためにきたんだ」
私はしばらくそれを受け取るのに戸惑った。
けれど「花音ちゃんが読むべきだと思う」と唯に言われ、私は仕方なくペットボトルを脇において、それを受け取った。
見るのが怖かった。
何が書かれているのか想像もできなかった。

「弘人が前にさ、確か抗がん剤治療を始めて無菌室に入ってきた時だったかな。その時によこしたメールをプリントしたんだ」
私は一度目を閉じて、心を落ち着かせてからその紙を取り出した。

件名：無題
ここにいるとさ、本当に俺死ぬんじゃないかなって思う時がある。
実際こんな隔離された部屋にいなきゃ多分俺あっという間に死んじまうんだぜ？

そうやって思うとさ、俺何かやり残した事ないかなって無意識のうちに考えてる。
野球も中途半端だったし、家族にも迷惑かけてさ。
……でもやっぱり俺、花音の事が一番心配なんだ。

なんていうんだろう。
花音って変に一途すぎるところがあるっていうか。
俺に忠実すぎるところがあるんだよね。
ほら、飼い主が亡くなってからもずっと駅で待ち続けたハチ公っていたろ？
あんなイメージ。
すぐ怒るし、泣くけどさ、どんな時でも何があっても多分あいつは俺から離れていかないんだろうなって思うんだよ。
そこが好きでもあったんだけどさ。
あいつもし俺が死んだら、本当に俺の事待ち続けるんじゃないかって。
前に進めなくなるんじゃないかって。

そう思ったらさ俺やっぱり死ねねえなって思うんだ。
花音の事俺が守ってやらないと。
でも万が一俺がそうなった時に苦しまないように、
今別れるべきなのかなって少し考えた。
あいつ最近全然笑えてねえし、怒らねえし、
どんだけ我慢させてるんだろうって。

今別れれば、俺が死んでも少しは楽になれるのかな、
あいつ。
花音を見ると息が詰まりそうになるよ。
別れるって言わなきゃいけないのかなって。
……でも好きなんだ。
俺が花音を解放してやる事ができない。
こんな事口に出す事ないんだけどさ。
だってさ、好き、とか愛してる、なんて自分がどれだけ気持ちを込めていったところで相手のその言葉への価値観で全然違うように伝わるだろう？

俺そんな風に思われたくないんだ。
そんな言葉だけで俺の気持ちは伝わらないよ。
だから俺はそんな軽い言葉は口にしない。
だからこそ行動で示しているつもりではあるんだけど。

まあちょっと話がそれたけどさ、
もしいつか俺が死んで、
唯が花音に出会う事があったとしてさ、
その時花音が立ち止まっていたら
伝えてくれよな。

「お前は俺を置いていけ!!」ってさ。

俺と唯がこんな風に偶然出会ったように、
唯と花音もいつかこんな風に運命のいたずらで出会う事が
ある気がするんだ。

まあ、それはずっと未来の話である事を願いながら、
俺は今日も無菌室で抗がん剤とゲームで戦うよ！笑
弘人

“お前は俺を置いていけ!!”

弘人の声が聞こえたような気がした。

「わかったろ？　弘人は花音ちゃんが前に進んでも悲しんだりしない。もし花音ちゃんがこのままいつまでも立ち止まっていたら、弘人は自分が生きているうちに花音ちゃんと別れなかった事を後悔する。……あいつにそんな後悔さ

せるな」
「きっかけ……」
私はぽつりと呟いた。
「きっかけ？」
唯が繰り返す。
「……みんなが私に言うの。きっかけが必要なんだって。今は心の時計の電池が止まっているだけなんだって。いつか誰かがその電池を入れてくれるからって……」

私は弘人が死んでから、ずっとこの日を待っていたのだろう。
心の時計の針が、動き出すのを私は感じていた。

「唯くんだったんだね……」
私は涙を拭って唯の顔を見やった。
「……違うよ、俺は弘人の伝言を伝えただけだ。今、花音ちゃんの背中を押してるのは弘人だよ」

私はそう言われていつか弘人と出かけた“あの日”の事を思い出していた。

phrase 5

「うわ――！　すごい綺麗!!」
私は弘人の自転車の後ろで春の生温い風を受けてはしゃいでいる。
「やっぱここの桜は日本一だな！」
弘人もブレーキをいっぱい握りしめながら、押しよせてくるような桜の木々を見上げていた。
「ね！　写真撮ろうよ！」
私は彼のシャツの背中を引っ張りながらブレーキ音に負けないように声を張り上げた。
弘人は自転車を停め、私は彼の後ろから飛び降りて上にも下にも続く桜の木々達に目を奪われた。
「よし！　決めた！」
「何を？」
私は桜の方を見上げたまま彼に尋ねた。
「これから毎年ここで写真を撮ろう」
私が彼の方に視線を移してみると、彼は真っすぐに私を見つめていた。
「毎年？」
「そう、毎年。それで写真立てに飾ってどんどん増やしていくんだ。思い出を作ろう」

けれど私は一度俯いて、
「……思い出ってなんかやだね」
と呟いた。
「どうして？」
「だって戻りたくても戻れないもん」
「戻れないから思い出にするんだろ？」
「それって寂しくない？」
「そんなことないよ、ずっと忘れずに済むように写真に残すんだよ。いつか年とってどっちかが先に死んだとしても、こうやって写真を見ればすぐ思い出せるだろ？」
「でもさ」
「花音、じゃあ一つルールを作ろう」
彼はニコッと笑ってうなだれる私の肩を叩いた。
「ルール？」
「そうルール。俺たちがこうやって撮った写真を見返す時のルール」
「……なに？」
怪訝に彼を見やる私に彼は、
「笑顔でいよう。どんなに苦しい事があっても、悲しい事があっても、俺たちはお互いの事を思い出す時も、写真を見返す時も、思い出した時には笑っていよう！　そうすればきっと寂しくない」

……あの時彼はそう言って私の手を握ったのだった。

唯から受け取った紙を私はぎゅっと握りしめた。
端っこの部分にしわがより、文字は涙で少し滲んでいる。
「私……進めるかな。弘人を置いて前に進むことができるのかな」
「できるよ、花音ちゃんなら」
唯はそっと私の肩に手を置いた。
「……忘れるのとは違うんだよね。忘れる事なんてできない。だってたくさんの思い出を残してくれたし、愛して、愛された唯一の人だから。でも私、弘人に後悔なんてしてほしくないよ。だから私が、ちゃんと生きて、弘人に誇れるような大人になって、弘人が空から安心して笑ってくれるような生き方をしたい」

過去にはもう戻れないけれど、過去の人が今の私を変えてくれる事もあるのだと、その時私は感じる事ができた。

過去は終わりではなく、
今、そして未来に繋がる架け橋である事。
過去は決して幻や夢なんかではないという事。
過去に後悔や未練を残して生きていくという事は、
自分や過去の人を否定する事になってしまうのだ。

「きっと弘人も喜んでるよ。俺は何もしてやれないけど、これからもこんな風に花音ちゃんの事応援してるからさ。何か俺にできることがあるなら言ってな」
唯は私を見て安心したように顔を緩めて微笑んだ。
「じゃあさ……明日一緒に野球を見に行かない？」
「野球？」
「そう。うちの高校の野球部の甲子園地方大会の決勝が明日なの。みんな夢を叶えられなかった弘人のために、それから私がまた学校に来られるようにって頑張ってくれてる。……私行かなきゃ」
「そっか。そうだな。なら俺も一緒に行くよ。きっと弘人にもそこで会える」

私たちは目を合わせ、まだぎこちなくではあるけれど、笑い合う事ができた。
何のしこりもなく、とても晴れ晴れとした気持ちだった。
家に戻って私は母に秋からまた学校に通いたいと、話した。
「もう遅いかな？」
と少し弱気な私に母は、
「遅いなんて、花音はまだ17歳なのよ？　まだこれからじゃないの。花音は少し若いうちに色々な経験をしすぎただけなのよ。この先今まで生きてきた時間よりもっと長い時間を生きていくんだから。……弘人くんの分もね」
と言って普段は滅多に見せない涙を浮かべ、それにつられ

て再び溢れてきた私の涙を見て母は、
「たくさん泣きなさい、今までずっと泣かなかったんだから」
と私を抱きしめた。

最終章

君が残してくれたもの

phrase 1

――いつかどこかで君と逢えたら、
私は笑って君に言うだろう。
あなたの分も精一杯生きています。と。

まるで弘人が雲を端っこに追いやったような入道雲が、真っ青な空の下からわき上がっているように見えた。
イエローとネイビーのユニフォームに、きっちりと結わえられたポニーテール姿のチアリーダー達が、ボンボンを持ってキレのいいダンスを繰り広げる横で、私と唯は並んでスタンドに腰かけている。
前列には弘人の母親も応援に駆けつけてきており、胸に彼の遺影を抱きしめていた。
そして少し離れた所には澤本先生も駆けつけていて、その隣には真理子さんも座っていた。
唯はその事に気がついていたけれど、なんだか少し安心したような顔で２人を見やっていた。

わが校の先攻で始まった試合は激戦の末、８回の裏１対２で敵にリードを許しており、甲子園を賭けた最後の１イニングが始まった。
「９回の表、バッター背番号８」
歓声がわき上がる中、すでに泥だらけのバッターがバッターボックスに立つ。
敵のピッチャーもヒットを打たせまいと、最後の意気込みを感じさせている。
ピッチャーがグローブを構え、振りかぶる。
バッターは身構えているが、次の瞬間飛んできた球は真っすぐにキャッチャーのグローブの中へと吸い込まれた。
アンパイアのストライクコールにバッターは動じる事もなく次の球を狙う。
再び飛んできた球はコースをそれ、そのまま調子の上がらないピッチャーはフォアボールの末バッターは１塁へ送られた。
ピッチャーをリラックスさせようと、敵のキャプテンが彼に近づき何か声をかけていた。
背番号14の選手がバッターボックスに送られる。
ピッチャーが構え、バッターが静かに集中する。
カーブを描き飛んできた球は、勢いよく振り切ったバットに命中したが、高く打ち上げられ、そのままセカンドが余裕でキャッチした。
続くバッターもアウトを取られると、「ツーアウトか」と隣で見ていた唯が思わず呟いた。
しかし続くバッターがフォアボールで塁に送られると、私たちは息をのむような思いで次のバッターを見つめていた。
２アウト、１塁２塁。
背番号15番、高橋。
彼は私のクラスメイトの１人だった。
弘人ともとても仲がよく、加藤くんが弘人の夢を叶えてやろうとみんなに語りかけた時、真っ先に同意してみんなを励ましたのが高橋くんだったと紗季に聞いた。
彼ならきっとやってくれる。
私はそう信じていた。

バッターボックスに立った彼は、私のよく知っている弘人とふざけ合っていた彼とは打って変わって、堂々とした立ち居振る舞いだった。
そして彼は私の期待通り、見事としか言いようのないプレーを披露する事になった。
ストライク２、ボウル０。
調子を取り戻してきたピッチャーが絶体絶命のピンチを迎えた時だった。
真っすぐに飛んできた球が、高橋くんの振り切ったバッドに命中した。
カキーンと球場に響き渡るような音と共に球はどこまでも高くのぼっていき、その時点で高橋くんは確信したかのようにガッツポーズで塁を駆け抜けていく。
悲鳴にも近い歓声の中、その球は見事にスタンドの中へと吸い込まれた。
「ホームラ――――ン！」というかけ声に私や唯を含め、スタンドにいた全員が一斉に沸き上がった。
次々にランナー達がホームへ戻っていく。
高橋くんがいつまでもガッツポーズを繰り返しながらホームに帰ってきた時、ベンチにいた紗季が泣きながら飛び跳ねていたのが見えて、私は胸が熱くなった。
その後追加点はなかったものの９回の表４－２で逆転し、これから最後の守りが始まろうとしている。
マウンドに登場した加藤くんに向けて、応援歌が鳴り響く。
今彼がどれほどのプレッシャーを抱えているかと思うと、こっちまで胃が痛くなる思いだった。
闘志をむき出しにした敵のバッターがやって来ると、睨みつけるように加藤くんを見やった。
お互い今日のためにどれほど努力してきたのかわからない。
今日勝って甲子園に行くという夢は、彼らの中で十代の全てを捧《ささ》げるような一番の目標だったはずだ。

つま先で土を削りながら、加藤くんは腕慣らしにキャッチャーにボールを投げる。
彼の持ち味はスピードであり、自在に操る変化球が得意だった弘人のピッチングとは少し違っている。
加藤くんの額にはジリジリと焼け付くような太陽の日差しをうけ、じんわりと汗が滲んでいた。

ユニフォームの袖でそれを拭うと、彼は振りかぶって投球した。
高速球に空振りしたバッターが気を取り直して再び身構える。
次の球はファールになり、最後は三振で１アウトを勝ち取った。
続くバッターをフォアボールで見送ったものの、次のバッターをアウトにし、９回の表とほぼ同じ状態で４人目のバッターが背番号４を掲げてバッターボックスにやってくる。
緊張が走った。
もし万が一、ここでホームランを打たれてしまえば、あっという間に同点に追いつかれ、試合は振り出しに戻ってしまう。
私は祈るように手を握っていた。
加藤くんの初球はストライク、続く球はバッターが見事にバッドにとらえたものの、ファウルになった。
少し肩に力の入った加藤くんの次の球は大幅にはずれボウルが続き、ついに２ストライク３ボウルまできた時に、私は思わず目を閉じて祈った。
何度も何度も学校のグラウンドに通って、弘人のピッチングを外から見やっていた時の事を思い出す。
あの真剣な眼差し。額の汗。焼けた腕。
そして目を開いた時、私は一瞬目を見張った。

――そこに弘人が立っているように見えたのだ。

彼の夢だった甲子園。
大好きだった野球。
共に戦ってきた野球部の仲間たち。
彼は今ここにいる。
そう思った。
きっと加藤くんの中にも彼がいる。
他のチームメイトの中にも、唯の中にも、そして私の中にも。

「弘人……お願い！　勝たせて！」
私は思わずそう叫んでいた。
唯が驚いたように私を見やる。
その時、加藤くんが大きく振りかぶった。
球場中が息をのんで彼の投げる球の行方を見守っている。
汗が飛び散るほどに腕を振り上げ、彼の手から離れていく球は、一見上に飛びすぎたかのように思われた。
誰もがフォアボールを確信した時、球は急速に降下していき、バッターはバッドを振り切った。
次の瞬間シュッと吸い込まれる音と共に、「ストライ――ク!!」というアンパイアの声が響き、キャッチャーが両腕を高く天に突き上げ、加藤くんが「うおおおおお!!!」と叫び声を上げた。

球場が揺れるような歓声がわき、ベンチのチームメイトが加藤くんめがけて突進していく。
あっという間に輪の中心となった加藤くんがいつまでも真ん中で拳を高く突き上げていた。
私は驚きのあまり言葉を失った。
加藤くんが最後に投げた球が、弘人が得意としていた変化球そのものだったのだ。
あの時、加藤くんの中に弘人は乗り移っていたのではないだろうか。
だとしたら、弘人はついに夢を叶えたのだ。
唯が眼鏡の奥で静かに泣いていた。

「桜ヶ丘高校!!!　甲子園出場決定!!!」

観客が一斉に立ち上がり、泣いて喜ぶ人もいれば、隣の人たちと抱き合って喜びを共有する人もいる。
敵のチームは膝から崩れ落ち、キャップを深くかぶって悔し涙を隠している。
両チームがグラウンドに並び、互いの健闘をたたえ合うように握手を交わした。
その後加藤くん率いるチームメイトがスタンドの前に整列し、キャップを脱ぐと深く一礼をした。
応援していたスタンドの観客達からは温かい拍手が送られる。

すると加藤くんが列から一歩前に出て、スタンドの中から私たちの方を見つけると、一度大きく深呼吸をしてからこう叫んだ。

「佐久間弘人のお母さん!! この度は応援ありがとうございました!! 僕たちはこれから甲子園に向かいます!! それは弘人の夢でもありました!!! 弘人が死んでから一度はチームが結束をなくし、悲しみに包まれましたが、あいつのためにやれる事を考え、そして今日までやってきました!! 僕たちは弘人の分まで生き、弘人の分まで甲子園で闘ってきます!!! 最後まで応援よろしくお願いいたします!!!!」
その言葉に誰もが弘人の遺影を抱えた彼の母に視線を向けていた。
すると弘人の母は震える声で、
「ありがとう！ 甲子園での健闘を期待しています！」
といつまでも拍手を送りながら、頬には無数の涙の筋が刻まれていた。

そして……。
「杉浦花音!!!」
加藤くんが私に視線を移し、そう叫んだ。
私はビクッと肩を跳ね上げて緊張気味に彼を見つめ返す。
「俺たちは弘人の夢を叶えたぞ!!!」

彼はまずそう叫んだ。
私は彼に見えるように大きく頷いた。
「杉浦!!!　だからお前も学校に来い!!!　あいつがいない学校は確かに寂しいけどな、俺たちはお前とまた一緒に学校生活を送りたい!!!!　一緒に前に進もう!!　あいつはもういないけど、俺たちがついてる!!!!　俺たちと一緒に、弘人の分まで生きていこう!!!」
「そうだよ！　花音！　私も花音と一緒に学校に行きたい!!　早く学校に戻ってきて!!」
マネージャーの紗季が、加藤くんの隣まで駆け寄ってきて叫んでいる。
「……花音ちゃんにはまだたくさんの仲間が残っているんだな」
そう言って唯が小さく私の背中を叩いた。
私は唇を噛み締めて、何度も何度も頷いた。
——…ないものばかりを数えていた。
それほど私にとって弘人の存在はとても大きなものだった。
まるで全てを失ったかのように思っていた。
彼の死は、私の世界のあらゆる色をなくし、まるでモノクロの世界にいるような孤独感だけを残していた。
それは彼のようにもう二度と戻らないものだと信じて疑わなかった。
……けれど本当はそうではなかったのだ。
人生を彩る色彩は、こうして共に今を生きる仲間達によって、少しずつではあるけれど確実に、蘇ってくるのものなのだ。
失ったものがある。
けれどもその先には、また得るものがある。

前に座っていた弘人の母が、振り返り、私の手をそっと握った。
「……私からもお願いするわ。花音ちゃん、どうか弘人の分まで生きて。弘人はきっとそれを望んでいるはずよ」

そして私の手に１つの野球ボールを握らせた。

「これ、去年弘人が甲子園を目指していた時、花音ちゃんに渡そうとしていたものなの。去年は結局甲子園には行けなかったから、渡せなかったけれど、今年もし出場が決まったら、花音ちゃんに渡すんだって言ってたわ。本当は四十九日の日に渡そうと思ってたんだけど、やっぱりこの日まで待ってみようと思って今日まで渡さなかった」

私はそのボールを受け取り、彼の母に目を移した。

「弘人が初めて父親に買ってもらったボール。ここから弘人の野球人生が始まったの。とても大切にしていたものなんだけど、それでも花音ちゃんに託そうとしていたのよ。

その意味がわかる？」

私は目を瞬かせた。
「そのボールの後ろに書いてあるわ」
私は恐る恐るボールを手の中で転がし、裏を見やった。
そこにはこう書かれてた。

“俺の夢は花音の夢。花音の夢は俺の夢。”

とても汚くて下手っぴな字だけれど、それは確かに懐かしい彼の書いた文字だった。

「花音ちゃんの夢が弘人の夢になる。

だから花音ちゃん、

……花音ちゃんは生きて。
……あなた自身の素晴らしい人生を歩んでいって」

私はそのボールを握ったまま、溢れんばかりの感情が涙となって溢れ出した。
観客達からの温かい拍手がわき起こっていた。
チームのみんなも私に向かって「ガンバレ——！」と叫んでいる。

澤本先生の横で、真理子さんが嬉しそうに微笑んでいるのも見えた。

もし私が弘人と付き合っていなければ、こんな風にみんなから助けられる事はなかっただろう。
それは全て彼の人柄が、私に残していってくれたものだった。
弘人はもういないけれど、弘人が人生をかけて私に残してくれたものがある。

かけがえのない思い出。
かけがえのない時間。
かけがえのない仲間達。

私はそれを何一つこぼさないように、自分なりに精一杯生きていこうと、その時心の奥で強く、強く誓った。

Last Phrase ～epilogue～

9月の始め、私は部屋の鏡の前で大きく深呼吸をして、自分の姿を眺めていた。
もう袖を通す事もないと思っていた制服。
それに身を包んだ自分が、少しだけ大人になった事を感じていた。

桜ヶ丘高校野球部は、8月8日。
弘人の誕生日でもあったその日に、夢の甲子園出場を果たした。
ベンチには弘人の遺影が掲げられ、弘人もまた、夢を叶える事ができたのだ。
彼からは激闘の末、優勝とはならなかったものの、ベスト４入りを果たすという素晴らしい成績を収めて帰ってきた。

私は準備を終え、リビングの母の所に顔を出した。
「ちょっと早いけど……じゃあ、行ってくるね」
なんだか少し照れ臭かったけれど、
「いってらっしゃい。弘人くんの分まで楽しんで」
そう笑顔で送り出してくれた。

私は家の前に停めていた自転車の鍵を開け、またがった。
まだ登校時間まで少し時間がある。
私は学校とは正反対の道に走り出した。
真っすぐ、真っすぐ走っていく。
立ち止まらず、真っすぐ前だけを見つめて。

そしてそのうちに、“あの坂”の前までやって来た。
そこで私は自転車を停め、坂の頂上を見上げた。
あの先で、彼はきっと今でも私を見守ってくれているのだろう。

何度となく、彼の自転車の後ろに乗って下ったこの坂を、
春に桜の下で約束を交わしたこの坂を、
彼が夢を語っていたこの坂を。

私は決して忘れない。
忘れない。

「……行ってくるね」

私は静かにそう呟いた。

坂の上から私に向かって追い風が吹いていた。
私はジリッとペダルを踏み、走り出す。

苦しみではなく、優しさを、
痛みではなく、生きる強さを、
優しさは、強さに、
強さはきっと、人生の坂を駆け上がる追い風になってくれるだろう。

さよならじゃなく、ありがとう。
またいつか、君に出会う事があるならば、
私は笑って君にそう伝えたい。

私は今日も元気です。
あなたが残してくれた人生の素晴らしさを噛み締めて、
今日も精一杯生きています。

～ Fin ～

あとがき

永遠に失うというのと、永遠に一緒というのは同じ事なのかな、なんて最近思っているのです。
コインのように、全ての物事には裏表があって、別れの裏には新たな出会いが、ネガティブの裏にはポジティブな出来事が隠れている。
だから人は色んな壁を乗り越えて、少しずつ生きていくのが楽になっていくのだと思うのです。

自分が乗り越えてきた大きな壁は、いつか自分を守ってくれる支えに変わる。
今苦しくても、その分の幸せをあなたはすでに手の中に持ってるよ。
だから早くそれに気づいて。
そうすればきっと、明日は今日よりも、世界が美しく見えるから。

べあ姫

※この物語はフィクションです。実在の人物・団体等は一切関係ありません。

本書に対するご意見、ご感想をお寄せください

アンケートはサイト上から送れます。
ぜひご協力ください。
http://kansou.maho.jp/

ファンレターのあて先

〒102-8584　東京都千代田区富士見1-8-19
アスキー・メディアワークス　魔法のｉらんど文庫編集部
「べあ姫先生」係

魔法のiらんど文庫

キミを自転車の後ろに乗せて。

2014年3月25日　初版発行

著者
べあ姫

装丁
和田悠里（スタジオ・ポット）

発行者
塚田正晃

発行所
株式会社KADOKAWA
〒102-8177　東京都千代田区富士見2-13-3
電話03-3238-8521（営業）

プロデュース
アスキー・メディアワークス
〒102-8584　東京都千代田区富士見1-8-19
電話03-5216-8376（編集）

印刷・製本
凸版印刷株式会社

魔法のiらんど　http://maho.jp/
株式会社KADOKAWA　http://www.kadokawa.co.jp/

ISBN978-4-04-866478-3 C0193